妈妈

熊景明　著

李　焱　绘

云南美术出版社

图书在版编目（CIP）数据

妈妈说 / 熊景明著；李焱绘. -- 昆明 ： 云南美术
出版社, 2025. 3. -- ISBN 978-7-5489-5983-0

Ⅰ. I267.1

中国国家版本馆CIP数据核字第2024ST0271号

责任编辑：台　文
责任校对：孙雨亮
装帧设计：石　斌

妈妈说

熊景明　著

李　焱　绘

出版发行：云南美术出版社

地址：昆明市环城西路 609 号 24、25 楼

印刷：昆明美林彩印包装有限公司

开本：889mm×1194mm 1/32

印张：10

字数：158 千

版次：2025 年 3 月第 1 版

印次：2025 年 3 月第 1 次印刷

书号：ISBN 978-7-5489-5983-0

定价：58.00 元

序

母亲的叮嘱

聂荣庆

昆明当代美术馆馆长

　　从前的昆明真的小，直至80年代，都是一个边陲小城，骑自行车20分钟就可以从城南到城北。据说两个昆明的陌生人交谈，只要说出五个以上各自认识的熟人，就一定会有交集出现。确实是感觉昆明整个城市的人拉拉扯扯，都可以攀出点亲友关系。2009年夏天在北京，从伦敦回来的Vicky成为我那个时期工作的助手。Vicky讲一口自己引以为傲的标准伦敦口音的英文，中文则是一口特别古早的昆明话，有些词我甚至觉得是我奶奶健在时才听过的。有一天聊天时发现Vicky的姑妈竟然是我景仰已久却未曾谋面、曾经主持香港中文大学中国研究服务中心的熊景明先生。后来陆续发现身边很多亲友都和熊家人很熟悉，或是与她的家庭有着千丝万缕的亲友关系，真是有一种昆明人的独特奇妙的缘分。而真正见到景明，已是几年之后我回到昆明工作的时候了。见面才发现，景明也是一口古早昆明乡音，亲切得仿佛就是好久不见的邻家姐姐。因为在香港长期从事国际文化交流的缘故，她并不喜欢大家称她熊女士、熊老师，无论老小直呼"景明"，这一点颇为西化，但也亲切。

景明的家世确实是既"显赫"又"朴实"，因为她的家庭史就可以系统完整地折射出一段从清朝后期到今天的云南地方史。在人民文学出版社出版的《家在云之南》和广东人民出版社出版的《长辈的故事》中，她用她一直倡导的口述历史的方式娓娓道来，一个昆明家庭的前世今生跃然于纸上。

读景明的文章发现她童年生活的家位于昆明塘子巷，而我中学之前也一直生活在前卫营，我们两家相隔不到一公里。我们的童年相距了20多年，但是在我们一岁的时候做的游戏和听到的童谣竟完全没有改变。仿佛几十年的时光只是一米隧道。应该是在景明一岁左右的时候，母亲教她游戏"斗虫虫"。"母亲最早教我的游戏应当是'斗虫虫'：'斗虫虫，斗虫虫，虫虫虫虫，嘟噜——飞。'我女儿一岁，后来外孙女一岁时，我教她们玩过。这时，孩子还没有学会说话，听着歌谣的节奏，大人握住她的小手，让她将两个食指碰到一起，再分开，再碰。它可以帮助小孩学习协调手指动作，新鲜有趣，常常弄得孩子咯咯笑。等到指挥自己的小手指已经不成为挑战，游戏的使命也就结束了。"

看到这一段描写，联想到我一岁时妈妈这样教我玩，女儿一岁时我教她玩的情形，颇感神奇。一种生命和家庭的传承，其实靠一首首童谣如流水一般，自然而然地延续起来。

男孩子大多喜欢有些无厘头或者是好奇男女关系的童谣，并且每次都要集合起来齐声高呼，方觉过瘾。景明把我们小时候淘气唱的一些童谣也一网打尽。

"肚子疼，找老陈，老陈不在家，关起门来生娃娃。"

"大眼睛，偷钱买点心，你不给我吃，我告你老母亲！"

"大头大头，下雨不愁，别人有伞，我有大头。"

"帽子歪歪戴，婆娘来得快。"

"告嘴婆，洗裹脚（布），洗到太阳落！"

随着景明书中记载的这些，已经将要被遗忘的歌谣，我又想到了那个已经回不去的故乡小城，想到了那些再也见不到的亲人。成长的记忆也许就是靠父亲身体上随风飘来的一丝汗味，靠月光下母亲断断续续的童谣声所构成，让你在某个突然听到、嗅到、触碰到的瞬间，猝不及防地泪流满面。一代又一代人口口相传的歌谣，我却始终认为是民间文学的高级形式，是这个城市真正的诗歌的声音。

景明把自己儿时母亲的声声叮咛记录下来，成为
她口述历史的补充和注解，写就这本《妈妈说》。书中
二百多条"妈妈说"简单归为为人处世，天命观，家
庭、亲友，理财，饮食、起居，个性、行为，健康、样
貌，形容、比喻等类别。记录的是伴随她一生的母亲絮
叨，却也是她行走一世的人生指南。这些话浅显易懂，
用歌谣谚语体将生存处世的道理轻轻松松地植入了孩童
大脑，让孩子们受益一生。

大部分"妈妈说"是用云南方言口口相传，也让地
方语文的魅力能够影响一代一代云南人。很多旧词如今
在方言中用得越来越少，如"吃得亏，在一堆""打伙
吃，大伙香，独吃独生疮"。"在一堆"（在一起），
"打伙吃"（一起吃）现在的云南孩子可能已经不再
听得懂了。景明十分用心地在每一段"妈妈说"后面
搭配一个有趣的小故事，引经据典，甚至从英文当中
找到同样意义的解释，来形象生动地将一句带有地方色
彩的"妈妈说"说得明明白白。"贪心不足蛇吞象"
或者"人心不足蛇吞象"这一句我们常常挂在嘴边的
谚语，经景明考证出自《山海经·海内南经》："巴
蛇食象，三岁而出其骨。"并且她发现这句话在英文
中也用得很普遍，例如2008年，据说微软要并吞雅虎，
就有人说：Can the snake swallow the elephant? Microsoft
swallowing Yahoo! is either going to be fast and ugly, or

slow and ineffective.（蛇能吞下大象吗？微软吞并雅虎，要么快而丑陋，要么慢而不起作用。）虽然是在轻轻松松写"妈妈说"，但是景明一贯严谨的治学态度也可见一斑。

云南从来就是一个各种文化相互交融之地，《妈妈说》里面除了云南方言外，其实也有一部分应该是不同地区的移民带来的，同样体现着全国各地的家庭文化，是各地的"妈妈说"。因此这本《妈妈说》也是每个人都能从中找到自己"妈妈"影子的一个温暖的地方。

多年来，景明冥冥之中一直在等她心目中能够为这本书画插画的插画师，最近终于等到了一位最适合她的著作的插画师，侨居法国的昆明人李焱。李焱的插画生动且适合今天读者的趣味，是对《妈妈说》的一种示范解释，也是对本书内容的一种延伸。

翻阅景明《妈妈说》的过程中，经常会想起丰子恺先生的《护生画集》。丰子恺先生在这个画集之中，也是把一些通俗易懂的道理，通过颇有禅意的漫画和浅显易懂的文字，把他想要表达的"护生"即"护心"的观念，传达给读者。景明则是把出自母亲口中最朴素的谚语歌谣加以故事化整理，这种表达方式与丰子恺先生不谋而合，举重若轻，从生活中取材，还原生活中的哲理。

今年夏天，《三联生活周刊》联合昆明当代美术馆与深圳坪山美术馆、山西太原千渡长江美术馆共同举办的《小城之春》收官展上，音乐人小河作为参展艺术家跟大家一起分享了他这几年一直在做的"寻谣计划"，让现场来宾感动不已。最后一个环节，所有人走上舞台，与他一起，现场学习并演唱一首童谣。一首两分钟就可以学会的几句歌词的童谣，竟然可以让大家吟唱许久，直至很多人开始泪奔。这让我看到了一种简单的力量，一种在《妈妈说》中也蕴含的力量。

多年来景明一直身体力行推广着华文文化世界口述历史的写作与研究，我一直认为她的这些工作，有着一种连接的意义。这种当下与历史的连接，是选择一种轻松的方式把过去极具价值的部分与今天连接起来；用一种非说教的方式，将一种文化价值传承下来。

《妈妈说》还能起到一种唤醒的作用。这本书不仅仅是写给云南读者的，相信任何一个地区的读者通过阅读，都可以找到其中某一个能够唤醒我们的点，连接起自己的妈妈曾经对自己说过的话，这是一件多么幸福的事情。这种阅读体验是超越地域的。读《妈妈说》总是会不由自主地联想起景明的古早乡音，分外亲切。这一切都是我们应该珍惜的非物质文化遗产，如果没有像她这样的一些人来整理保护，相信会渐渐消失的。

　　我不由得思索起来，在高速发展的今天，各个知识层面的阅读其实都面临碎片化的挑战，再次翻阅《妈妈说》，刚开始阅读的那种碎片感却逐渐消失。这种通过碎片看到整体的写作正是景明的高明之处。每个人生活的细微末节，都是历史的组成部分。看似云淡风轻，家长里短的叙述，实则是一段家庭文化在某一段历史标尺中的折射。个人折射历史，家庭折射社会。

　　每年夏季，景明就开始她的候鸟生活。我想她最惦记的莫过于夏天回昆明吃菌。大家也在期盼她归乡。因为只要她回到昆明，就会热心组织学术分享活动，就会有郊外踏青之旅，也就有欢歌笑语之娱。景明多年来无论是在香港的工作，还是对口述历史研究的倡导和推动，都让我们晚辈景仰不已，尤其是她笔耕不辍，对我有一种激励和鞭策，我虽然也称她景明，在内心深处一直尊她为先生。受景明所嘱为《妈妈说》写几个字，义不容辞，只是在"先生"面前写字，诚惶诚恐！

2023年5月11日　华盛顿　初稿

2023年8月28日　北京　改

缘　起

　　母亲出生于1914年，1973年去世。我在《母亲与我》一文中记述了她殊不容易的生涯。母亲四十二岁起，因心脏病卧床十八年，终其一生，她始终是家庭，乃至家族中的核心人物，以爱的关照、用言行，影响其子女和亲友。至今，朋友常笑我动辄就"我妈说的……"这些"妈妈说"不见得能够指导我的言行，却不时会冒出来。例如大冷天去游泳，好像听到我妈说"死丫头，作死不挑日子"，然后笑起来，我行我素。然而，我的"妈妈说"，就像你的"妈妈说"那样，对我们的潜移默化不可估量。

　　"妈妈说"引用的母亲的话，当然不是她的原创。从她口中说出，往往加上"你外婆说"。也许，我的外婆、她的母亲在将这些行为规范、俗语告诉她时，也会加一句"你外婆说的"。我在90年代初，为了写论文，在昆明访问了十九对母女，对女性在文化传承中的作用，深有感触。虽然我们在学校、在社会上受到各种影响，但"妈妈说"已经融入我们的思维模式和观念，大多数人依然按传统的方式行事待人。

人生道理、对子女教诲之外，"妈妈说"更多的是生动的形容和表达。我不知道哪些是昆明或者云南的说法，哪些全国通行。记忆中，语言是最为活泼有趣、生动幽默的。除了我的父母，还有识字不多的外婆、奶奶、伯娘；我曾经想记录她们"创造"的许多说法与词汇，可惜都失去了机会。这里能记载的，只是很少一部分。

这些"妈妈说"大都押韵，朗朗上口，但大多数得用方言来念才有味道。我的女儿在香港长大，不会讲昆明话了。我用别别扭扭的广东话念出"妈妈说"时，失却韵味，也就失掉影响力；况且，我自觉地避免做个唠唠叨叨的母亲，从母亲的唠叨那里接受的民间格言和俗语，到我这里，往下传递的链条似乎断了。

近年夏天回故乡居住，惊讶地看到许多父母不再和他们的孩子说昆明话，反而操带乡音的普通话对话。据说学校要求说普通话，为了让孩子从小适应，家长放弃了用自己最熟悉的语言、最生动传神的表达方式和子女交流。不知不觉中，长辈在和后辈交流时扬短避长，离弃多姿多彩的地方文化。当然，更主要的原因在于社会发展和变化迅速，技术、观念、经济、生活方式今非昔比。许多民间格言俗语，因为离开了它原有的时空背景而难以传递。

多年前，一位香港朋友听到我引用母亲说的"天不容跳蚤长大"，哈哈大笑，劝我整理这些"非物质文化遗产"。从2011年开始，断断续续记下二百多条，其中许多是天南海北华人熟知的俗语，却都带有那个时代的特色。写作过程中我才意识到，许许多多对我和父母，以及之前不知多少代人都是耳熟能详的格言俗语，到我女儿一代已经不甚了了，而再下一代就更陌生了。

我对每一条"妈妈说"写了简单的说明，或者写一个有关的小故事，立此存照。这些解说或者情景对话，大多基于我自己的人生体验与感悟。我希望用轻松、幽默的漫画来衬托它的含义，拉近这本小书和年轻人的距离，我为插画中人物写下的"独白"，有些需要一点脑筋"急转弯"，希望引人会心一笑。等候多年，终于遇到出色的插画师，生活在法国的昆明人李焱女士。她为部分"妈妈说"配的插图相当于"示范"，对漫画有兴趣的朋友尽管按书中的提示发挥。

二百多条"妈妈说"简单归为为人处世，天命观，家庭、亲友，理财，饮食、起居，个性、行为，健康、样貌，形容、比喻等类别。

熊景明

目　录

01
为人处世

1.1 "吃得亏，在一堆" // 002

1.2 "打伙吃，大伙香，独吃独生疮" // 003

1.3 "一人独乐，不如与人同乐" // 004

1.4 "远亲不如近邻" // 005

1.5 "一句好话暖三冬" // 006

1.6 "冤家宜解不宜结" // 008

1.7 "受人之托，忠人之事"
"帮忙帮到底，送佛送到西" // 009

1.8 "你敬我三分，我敬你一尺" // 010

1.9 "将心比心""人同此心，心同此理" // 011

1.10 "宁为烈汉牵马，不替瘟奴公当军师" // 012

1.11 "跟好人，学好人；
跟着师娘（巫婆）跳假神" // 013

1.12 "不听老人言，吃亏在眼前" // 014

1.13 "见怪不怪，其怪自败" // 015

1.14 "人比人，气死人；马比骡子驮不成" // 016

1.15 "大人有张大脸，小人有张小脸" // 017

1.16 "欺人莫欺头，做贼莫上楼" // 018

1.17 "使憨狗咬石狮子" // 019

1.18 "为人不做亏心事，半夜敲门心不惊" // 020

1.19 "出头的椽子先遭烂" // 021

1.20 "爬得高，跌得重" // 022

1.21 "贪心不足蛇吞象"
或者 "人心不足蛇吞象" // 023

1.22 "父母养其身，自己长其志" // 024

1.23 "顺毛抹" // 025

1.24 "哪个背后不说人，谁人背后无人说" // 026

1.25 "得饶人处且饶人" // 026

1.26 "不记隔夜仇" // 027

1.27 "饱汉不知饿汉饥"
"站着说话不腰疼" // 028

1.28 "省嘴待客" // 029

2.1 "心有天高，命如纸薄" // 032

2.2 "成龙的上天，成蛇的钻地" // 032

2.3 "阎王叫你三更死，两更小鬼来敲门" // 033

2.4 "不是不报，时候未到" // 034

2.5 "油干灯草尽" // 034

02

天命观
中庸之道

2.6 "早死早投生" // 036

2.7 "有命该生，无命该死"
"生死有命，富贵在天" // 037

2.8 "折财免灾" // 038

2.9 "旧的不去，新的不来" // 039

2.10 "人有小攥攥，天有大算盘" // 040

2.11 "天塌了有高个子顶着" // 041

2.12 "躲得了初一，躲不过十五" // 042

2.13 "天不容跳蚤长大" // 043

2.14 "早知三日事，富贵几千年" // 044

2.15 "刁钻人专遇古怪事" // 045

2.16 "龙生龙，凤生凤，老鼠生的会打洞" // 046

2.17 "憨人自有憨福气" // 047

03

婚姻
家庭
亲友

3.1 "山潮水潮，不如人来潮" // 050

3.2 "人不留客，天留客" // 051

3.3 "只记得爹妈用筷子打你，
不记得筷子夹肉给你吃" // 052

3.4 "打铜棺材装妈" // 053

3.5 "活着不孝，死了鬼喊辣叫" // 054

3.6 "大懒使小懒，小懒使门槛" // 055

3.7　"大梁不正二梁歪，三梁四梁倒下来"
　　　"做大不尊，头顶屎草墩" // 056

3.8　"三岁定终生""从小看大" // 057

3.9　"见头说头，见脚说脚" // 058

3.10　"家懒外勤谨" // 060

3.11　"一娘养九种，九种不像娘" // 061

3.12　"金窝、银窝，不如自家的狗窝" // 062

3.13　"箍桶索" // 063

3.14　"打心锤儿" // 064

3.15　"人亲骨头香" // 066

3.16　"打在儿身，痛在娘心" // 067

3.17　"打是心疼，骂是爱" // 068

3.18　"叮叮糖，吃了不想娘，想起娘来哭一场" // 069

3.19　"公不离婆，秤不离砣" // 070

3.20　"白天走东东，半夜纺线吓老公" // 071

3.21　"挑七挑八，挑到个脚跛眼瞎" // 072

3.22　"嫁不着害自家，娶不着害全家" // 073

3.23　"少是夫妻老是伴" // 074

3.24　"早发财不如早生子" // 076

3.25　"前世的冤家" // 077

04

钱财

4.1 "儿多累母，财多累主" // 080

4.2 "拿人的手软，吃人的嘴短" // 081

4.3 "吃不穷，穿不穷，不会打算一世穷" // 081

4.4 "亲兄弟，明算账" // 082

4.5 "洞有多大，蛇有多粗" // 084

4.6 "小账不可细算" // 086

4.7 "莫想一锄头挖出个金娃娃" // 087

4.8 "钱是身外物，生不带来，死不带去" // 088

4.9 "大缸里泼油，蚊子屁眼里掏屎" // 090

4.10 "死水不经瓢舀" // 091

5.1 "晴带雨伞，饱带干粮" // 094

5.2 "摩登不怕冷" // 095

5.3 "早起三光，迟起三慌" // 096

5.4 "香棍脖子，橄榄头" // 097

5.5 "一根葱的子弟" // 098

5.6 "一白遮住三分丑" // 099

5.7 "猪八戒吃人参果，不知其味" // 100

5.8 "为嘴伤身" // 101

5.9 "眼大肚小" // 102

05

起居 饮食
健康 样貌

5.10 "馋咬舌，饿咬腮" // 103

5.11 "一顿撑伤，十顿喝米汤" // 104

5.12 "三天不吃饭，饿成个寡鸡蛋" // 105

5.13 "活一百岁零一早晨" // 106

5.14 "隔锅香" // 107

5.15 "饮食、饮食，就是引着引着地食" // 108

5.16 "人是铁、饭是钢" // 108

5.17 "一样米养百样人" // 110

5.18 "知人知面不知心" // 111

06

行为 个性

6.1 "来不参，去不辞" // 114

6.2 "一只手抓十条黄鳝" // 115

6.3 "老狗记得千年事" // 116

6.4 "扁担挑水两头塌" // 117

6.5 "君子动口，小人动手" // 118

6.6 "包抬包埋" // 118

6.7 "身正不怕影子斜" // 120

6.8 "食不言，睡不语" // 121

6.9 "强干白，强到晚，饿到黑" // 122

6.10 "叫花子打牙祭，酒少话多" // 123

6.11 "一遍金，二遍银，三遍四遍花子形" // 124

目　录

6.12　"左耳进，右耳出" // 125

6.13　"嘴皮磨出泡""耳朵听出老茧" // 126

6.14　"眼懒手勤谨" // 127

6.15　"碗里的鱼头，拨一下动一下" // 128

6.16　"老鸦喜欢蛋打烂" // 129

6.17　"笑人前，落人后" // 130

6.18　"张四贵的马，临阵逃脱" // 131

6.19　"捧红踏白" // 132

6.20　"胶多不黏，话多不甜" // 133

6.21　"欺怂怕恶" // 134

6.22　"树怕剥皮，人怕伤心" // 135

6.23　"牙齿不和舌头商量" // 136

6.24　"自家夸，狗屎花" // 137

6.25　"捧泡挨泡打" // 138

6.26　"门槛侯" // 139

6.27　"家乡宝" // 140

6.28　"护疖子，成脓根" // 141

6.29　"能者多劳，跑断四条狗腿" // 142

6.30　"嘴有一张　手有一双" // 143

6.31　"说风就是雨" // 143

6.32　"等不得粑粑起皮" // 144

6.33　"温吞开水" // 145

6.34　"三锤打不出两个冷屁" // 146

6.35　"急惊风遇到慢郎中" // 147

6.36　"沾不得热气" // 148

6.37　"能将树上的雀说下来"
　　　"嘴皮薄薄，能讲会说" // 149

6.38　"有本事将鬼都捉来卖" // 150

6.39　"见人说人话，见鬼说鬼话" // 151

6.40　"衣裳角都撩得倒人" // 152

6.41　"满招呼，全不管" // 153

6.42　"雷声大，雨点小" // 154

6.43　"只听楼梯响，不见人下来" // 154

6.44　"癞蛤蟆打哈欠，大口大气" // 155

6.45　"泥爷爷的靴子，脱（托）不得" // 156

6.46　"编筐赖茅" // 157

6.47　"鼓着说，把着听" // 158

6.48　"打肿脸充胖子""死要面子活受罪" // 158

6.49　"装猪吃象" // 159

6.50　"吃屎的狗，改不掉吃屎的脾气" // 160

6.51　"脸皮有城墙厚" // 161

6.52　"脸皮厚，吃个够；脸皮薄，吃不着" // 162

6.53　"丢三忘四" // 163

6.54　"脚底板抹了油" // 164

6.55　"你走你的阳关道，我过我的独木桥" // 165

6.56　"后悔无药医""世间没有后悔药" // 166

6.57　"听三不听四，听着隔壁老倌讲故事" // 167

6.58　"买的也得（同意），卖的也得，
　　　挑扁担的不得" // 168

6.59　"一个愿打，一个愿挨" // 169

6.60　"烧火嫌长，顶门嫌短" // 169

6.61　"心闲长头发，人闲长指甲" // 170

6.62　"一个和尚挑水喝，两个和尚抬水喝，
　　　三个和尚没水喝" // 171

07

健康 样貌

7.1　"邋遢一顶帽，猥琐一双鞋" // 174

7.2　"人要衣裳，马要鞍"
　　　"七分衣装，三分人才" // 176

7.3　"衣不争分，鞋不争寸" // 177

7.4　"寸草遮风" // 178

7.5　"前卖葱姜，后卖鸭蛋" // 179

7.6　"小来不补，大来一尺五" // 180

7.7　"新三年，旧三年，
　　　缝缝补补又三年" // 181

7.8　"坐有坐样，站有站相" // 182

7.9 | "弯腰树不倒" // 183

7.10 | "不病，不病，病起来要你的命" // 184

7.11 | "癞蛤蟆被牛踩着，没一处是好的" // 184

7.12 | "不病就是福" // 185

7.13 | "久病成良医" // 186

7.14 | "老牛老马难过冬" // 187

7.15 | "神仙只怕脑后风" // 188

7.16 | "吃五谷哪有不生病" // 189

7.17 | "吃药不忌嘴，跑断太医腿" // 190

7.18 | "牙齿疼，不是病，疼死无人信" // 191

7.19 | "有钱难买老来瘦" // 192

7.20 | "好事不出门，坏事传千里" // 193

08

形容 比喻

8.1 | "浪子回头金不换" // 196

8.2 | "嘴说给心喜欢" // 197

8.3 | "有钱天天过大年初一，
没钱天天是三十晚" // 198

8.4 | "早死三年何愁睡" // 199

8.5 | "瞌睡来了不由人" // 200

8.6 | "好骑的马，天天骑" // 201

8.7 | "请神容易送神难" // 202

8.8 "烂泥巴糊不上墙" // 203

8.9 "懒牛懒马尿屎多""推尿推屎" // 204

8.10 "牛吃菠萝菜，各人心中爱" // 205

8.11 "光光头找癞刺棵钻" // 206

8.12 "住惯的山坡不嫌陡" // 207

8.13 "鸡嘴捏成鸭子嘴" // 208

8.14 "吃不完，兜着走" // 209

8.15 "敬酒不喝，喝罚酒" // 210

8.16 "山中无老虎，猴子称霸王" // 210

8.17 "一回生，二回熟" // 211

8.18 "官急、吏急，不如尿急、屎急" // 212

8.19 "人小鬼大" // 213

8.20 "鼻子大了压着嘴" // 214

8.21 "脚巴家" // 215

8.22 "水淌烂劈柴，淌去又淌来" // 216

8.23 "唱隔壁戏" // 217

8.24 "下江人，空蒸甄子假留人" // 217

8.25 "借你的白米，还你苦荞" // 218

8.26 "喝不来盖碗茶" // 219

8.27 "姜家姑娘嫁给何家
——姜何氏（将合适）" // 219

8.28 "鸡毛子喊叫" // 220

成语地方版 // 223

伴随我长大的游戏 // 227

风呵，你要轻轻地吹 // 228

小铁匠之歌 // 232

哥哥和妹妹 // 235

小姑娘，做家家 // 240

韵律童年 // 244

学前游戏 // 249

躲猫猫 // 252

小学时代的游戏 // 253

挤油渣 // 254

对脚 // 255

打死救活 // 256

脚不落地 // 258

五马跑四角 // 259

我们要求一个人 // 260

女生的玩法 // 261

男生的玩意 // 265

男生和女生 // 270

旅行 // 274

调皮的女生 // 280

家家都有"妈妈说" // 289

01
为人处世

1.1 "吃得亏，在一堆"

不怕吃亏，才能在一道玩或者做事。回顾母亲的为人处世之道，便想到她常挂在嘴边的话："严以律己，宽以待人""与人为善""己所不欲，勿施于人"。这些言简意赅的格言，并非从孩提时代就明白。小时候我比同班同学小一两岁，又笨，一道玩耍，受委屈是难免的，母亲的这句话，可用来自我调整一番。

为什么小明的蛋糕比我的大？

1.2 "打伙吃，大伙香，独吃独生疮"

物质匮乏的年代，小孩通常"口袋里没有半分钱"，幸运地得到一点糖果，还要与人分享，很不情愿。这与孩童时代的友谊誓言吻合。两人玩在一起满开心，就会轻易地发出终生不渝的誓言，相互钩住小姆指道："金钩钩，银钩钩，你的东西分我吃，我的东西分你吃，从小挨（好）到老，不挨就是短命佬。"这和人的自私本性相违背的约定，不容易遵守。

我头上是不是生了个疮？

1.3 "一人独乐，不如与人同乐"

这对小孩子是理所当然的事，并非基于利他主义。没有电视和游戏机，连收音机都不普及的年代，所有的游戏：跳海牌，打死救活，官兵捉贼，跳绳，以及无数如今早已失传的游戏，都需要一伙人才能玩，许多游戏都是参与的人越多越好。我们那一代人，唱起歌来嗓子通常不错，相信是从小玩游戏大声吼叫练出来的。现在常听到小孩子抱怨无聊，我们小时候好像不知道什么叫作无聊。被喊回家吃饭、到时间要上床睡觉，都是不得已啊。

好无聊啊……

1.4 "远亲不如近邻"

　　这是不言自明的道理。我小时候的玩伴，大多是邻家小孩，到70年代末离开昆明时，一栋栋住宅楼宇取代了一个个院子。从前说"各人自扫门前雪，休管他人瓦上霜""鸡犬之声相闻，老死不相往来"是对那些不合群、自私之人的指责，现在却是生活的常态。随着居住格局的变化，邻里不再像以前那样关系密切。社区的形成虽然可以凝聚左邻右舍，但需要人为的努力。建成守望相助的社区，生活质量将会提高——谈何容易。

刚炖好的鸡汤，趁热喝。

1.5 "一句好话暖三冬"

不吝惜对别人真心的赞赏，是绝对灵验的做人秘诀。这其实和人的个性有关，有人就是说不出夸人的话。80年代初，我在香港中文大学的一位上司，曾在美国念书工作十多年，待人接物的方式兼有东、西方的特色。研讨会上批评起人来，不留情面，乃西方学风；持东方人含蓄的君子风度，不轻易赞扬他人。一次，他在我起草的一份议案上批示"很好"，我几乎想将它裱糊起来。

后来，我准备离职去申请另一个职位。虽然失去这位下属非他所愿，他仍写了一封赞赏有加、令我面红的推荐信。这既符合西方的专业精神，又具东方的君子之风。

有一阵，每天早上去到联合书院餐厅，卖早餐的师傅就对我说：熊小姐，你今天很漂亮。我也高高兴兴地回答：谢谢。过了些天，我终于忍不住问他，为什么你天天都这么说。 他回答道："我只会这一句普通话。"

1.6 "冤家宜解不宜结"

记忆中没听母亲说过"和气生财""家和万事兴"之类的陈词滥调。然而，母亲也好，时代的风气也罢，"和为贵"是大众认可的与人交往准则。

网络时代，人们往往因为接收的信息不同或者观点不一样，争个面红耳赤，只要不伤和气，不抱定固有立场，仍然可以做朋友，和而不同。和朋友为我们都并不十分了解的议题争论了一阵，想想还是别争了。毕竟，我们之间的关系比这些大国的关系重要呢。

好啦。苹果给你咬一口，只是一口啊。

1.7 "受人之托，忠人之事"
"帮忙帮到底，送佛送到西"

　　我念初中时，语文课便读过曾子的"为人谋而不忠乎？与朋友交而不信乎？"母亲和她同时代许多妇女都具备这种服务精神。如今回到昆明，周围的朋友和邻居中，依然有很多以助人为乐者，女性居多。她们无私帮助的对象，主要是自己的熟人和朋友。不过，和一位云南人交朋友不难，投缘的话，半小时就够了。云南人对朋友的事，能当成自己的事。有位北京人告诉我，他到云南来过一次，现在的朋友中有一大堆云南人。我们认识了一位值得交往的人，就觉得需要在朋友中分享这份友谊。

没关系，你收下吧。
你姐姐的同学是我表姨的邻居的好朋友呢。

1.8 "你敬我三分，我敬你一尺"

请DeepSeek从传统文化的角度阐述这句话，它长篇大论地发挥，最后总结道："你敬我三分，我敬你一尺"不仅是对个人修养的要求，也是对社会和谐的追求。它体现了中国文化中互敬、礼尚往来的传统，反映了儒家思想中的"仁"与"恕"道，强调了人际关系的平衡与和谐。

类似的说法还有"投桃报李""礼尚往来""以德报德""滴水之恩，涌泉相报""将心比心""以礼相待""投之以桃，报之以李""礼轻情意重"……

"谢谢你的面皮汤，也尝尝我做的红烧肉吧!"

1.9 "将心比心"
"人同此心，心同此理"

这个道理十分简单，做到却不容易。人类学强调"参与式"的研究方法，学者需要去和研究对象"同吃同住"一段时间，通常半年一载，才能够明白他们的处境以及想法。

母亲的教诲，其实没那么复杂。这不过是根植于善良内心的待人之道。

"你说人工智能有没有心？"

1.10 "宁为烈汉牵马,
不替瘟奴公当军师"

"瘟奴公"在云南话中指优柔寡断,且不明是
非之人。等到我自己活到有人让我替他出主意的时
候,常常在事后才想起这条明智的语录,后悔来不
及了。大部分人心中都有一个死结,任何"军师"
也解不开。我许多旧时同学、朋友现在都全职照料
孙辈。听她们诉苦,忍不住说养育小孩是父母、不
是祖父母的职责。谈话兜来转去,都是白费口舌,
不由想到这句"妈妈说"。

1.11 "跟好人，学好人；
跟着师娘（巫婆）跳假神"

与"近朱者赤，近墨者黑"意思相同，更为接地气。这原本严肃的教诲，很多时候成为对自己的嘲笑。尤其中学时代，我喜欢出鬼点子，带着一群女生疯，还得了个绰号（不说）。对今天的小朋友讲巫婆，他们的联想不再是尖嘴尖脸、裹小脚的"师娘"，而是《绿野仙踪》或《哈利波特》里的巫婆了。她们不会跳神，这条俗语也失去了鲜活的联想。

编注：昆明方言里的"师娘"，两个字均读一声，指的不是老师的妻子，而是"神婆""巫"之类的人物。

1.12 "不听老人言，吃亏在眼前"

我们小时候受到的教育认为父母、师长总是有道理的，他们的教诲不容置疑。像我这样没头脑，一味听话的乖女孩，对"老师说的"绝对服从。外婆常笑话我"将老师的话当圣旨"。如今，轮到我来发"老人言"时，时代变了。不听从新人言便落伍了。新千禧年以来，"喜新厌旧"成为时尚。2000年代初，陪广东某报刊一名编辑去见香港中文大学中国文化研究所陈方正所长。这位年轻人不无自豪地说，他们报社的编辑、记者团队平均年龄25岁。陈先生缓缓回应道：编辑团队不是篮球队，恐怕还是老、中、青结合才好。

(1.13) "见怪不怪，其怪自败"

传媒发达到无孔不入的今天，成就了许多怪人怪事。碌碌一生，得到曝光的机会，甚至"一举成名"，是他们行为的动力。如果没有镜头的追随，没有网络和报刊传播，其怪自败的可能性很大。狗咬人不是新闻，人咬狗才是。这一循环乃新闻成为粮食一般不可缺少的事物的代价。

1.14 "人比人，气死人；
马比骡子驮不成"

　　相当于"莫以己之长，比人之短"。居里夫人传记中说到她四岁时，姐姐背不出功课，她站在一旁，流利地背了出来，父母无言地看着她，眼中带着责备。她哭起来说："我不是故意的。"你可以想象，今天中国的父母，看到儿女比人强，会有何反应。小女孩考了98分，垂头丧气地回来，因为只得了第三名。父母鞭策她道："下回努力考第一呵。"

孩子别气馁，你长大了不会看门，
但你会生蛋。

1.15 "大人有张大脸，小人有张小脸"

　　话虽如此，从我们小时候到现在的小孩，脸面都不大被人顾及。区别在于，我们是被骂大的，这一代孩子是被哄大的。国内城市中，许多小孩都有一个同样的名字："宝贝！"多年前，大概从外国电影里学来，北京人开始唤"宝贝"，而今昆明也是"宝贝"之声处处闻。

1.16 "欺人莫欺头，做贼莫上楼"

这本是男孩子打打闹闹时，提醒他们，身上挨一拳没什么，头不可随便碰。拳击运动，无论哪一种类型，打对方头部都犯规。

这句话大概是说，凡事都有底线。打架至情绪失控，也不可下死手；就如即便做了贼，不去人家楼上偷窃是基本的规矩。

我上小学时，男生好像没有不打架的，也常有贼来家偷东西的事。我大约五岁时，看到父亲爬上屋顶，去查看小偷怎么进到院子里，十分好奇；于是爬上二楼走廊栏杆，让弟弟给我递来抹布，擦干净栏杆上的灰尘，翻上屋顶。母亲看到，吓得话都说不出来。

我可以戴着"头盔"去学校吗？

"使憨狗咬石狮子"

怂恿他人去做没有意义、反而会伤害自己的事情，也用来形容指使别人去做自己想做但没有胆量去做的事。坐在安全处，鼓励别人去冲锋陷阵是许多心怀叵测的"激进人士"的特征。

你去吧，没事。大不了十八年后你又是一条好汉。

1.18 "为人不做亏心事，半夜敲门心不惊"

这是"做贼心虚"的反面。其实不做贼也会因当之有愧而心虚，例如某人没有真本领，凭借不合理的制度或个人的奸巧坐上高位，中夜梦回，想自己何功何德，竟然身居高位，一定有许多人不大服气，于是过度反应。

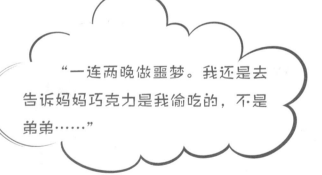

"一连两晚做噩梦。我还是去告诉妈妈巧克力是我偷吃的，不是弟弟……"

为人处世

1.19 "出头的椽子先遭烂"

文雅的说法始于三国时魏人李康的《运命论》，"木秀于林，风必摧之；堆出于岸，流必湍之；行高于人，众必非之"。

通俗的说法是"枪打出头鸟"。有些人深明这一道理，在非常时期躲过一劫。正常时，争取出人头地乃天性也。如果制度安排令杰出的人遭殃，结果便是劣币驱逐良币。

1.20 "爬得高，跌得重"

　　"妈妈说"的中庸之道十分明显。英文有同样的说法：The higher you climbed, the harder you fall.

　　英文中"爬得高"有一段颇富哲理的民谣：

The higher you climb, The more that you see.

The more that you see, The less that you know.

The less that you know, The more that you yearn.

The more that you yearn, The higher you climb.

爬得高，看得多；

看得越多，知道得越少；

知道得越少，想要得越多，

想要得越多，爬得越高。

"科长，我不行。您还是提拔小·张吧！"

1.21 "贪心不足蛇吞象"
或者"人心不足蛇吞象"

是母亲常引用的俗话，原来出自《山海经·海内南经》："巴蛇食象，三岁而出其骨。"有趣的是，英文中也用得很普遍，例如2008年，据说微软要并吞雅虎，就有人说：Can the snake swallow the elephant? Microsoft swallowing Yahoo! is either going to be fast and ugly, or slow and ineffective. （蛇能吞下大象吗？微软吞并雅虎，要么快而丑陋，要么慢而不起作用。）

1.22 "父母养其身，自己长其志"

小时候，听母亲说我是她从垃圾堆里捡来的，我相信。要不为什么她那么好看，我却是个圆脸胖丫头呢？长大些，如果有人在母亲面前夸我好看（谁都会夸别人家的孩子好看），母亲都会回复说：没有啊，你看她的皮肤……再大些，我就用母亲常说的一句话回敬道，这不关我的事呀，父母养其身。当然，这时我知道自己并非捡来的了。

"长相不怎么样，需要加倍努力。还得背负上一代的过失……"

(1.23) "顺毛抹"

　　这本是一个安抚动物的动作，用在人际关系中，表示要让别人听得进你的话，需要顺着对方的意思去展开话题。最恰当的例子莫过于《战国策》中的名篇《触龙说赵太后》。令赵太后同意让爱子去做人质，得先说一番太后爱听的话，再动之以情，晓之以理。有无这样的智慧，是情商高低的区别。

"你开车的技术太好了。前面弯道多，就慢点吧，我们反正不赶时间。"

1.24 "哪个背后不说人，
谁人背后无人说"

据说特别在意他人对自己的评价，是抑郁症患者高危人群的特征之一。换言之，这样的个性和许许多多个人特征，可能是天生的。我比较"脸皮厚"，对别人的表扬和批评都不敏感，原来以为是得益于母亲的教导。也许不是。

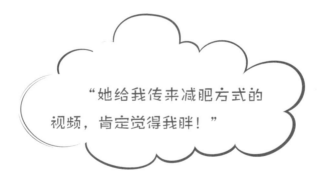

"她给我传来减肥方式的视频，肯定觉得我胖！"

1.25 "得饶人处且饶人"

宽恕他人往往是一举两得的"双赢"。生气的时候，不容易做到。故而最好等到心平气和之后，才做决定，才付诸行动。有时候要等好多年，甚至一辈子。学会宽恕，也就得到内心的平静。

"小·时候他老抢我的玩具。他的追悼会我就不·参加了……"

1.26 "不记隔夜仇"

这个说法，是小时候从母亲那里听来的。小孩子哪有什么"仇"，也许之前一天、或前几天被人欺负，向妈妈告状，想得来一句安慰。我们上小学时，流行讲阶级斗争。幸亏家里讲的是爱与宽容。

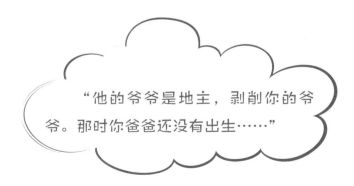

"他的爷爷是地主，剥削你的爷爷。那时你爸爸还没有出生……"

1.27 "饱汉不知饿汉饥"
"站着说话不腰疼"

　　设身处地为他人着想，乃一种常识，却不那么容易做到。社会科学的学术用语称之为"换位思考"。听人类学的教授用整整一节课来讲授，我不由得想到，我妈不是说过了吗……

"我奶奶说她小时候过生日时，她的母亲才给她煮个鸡蛋吃。没想到他们这么严格地控制胆固醇。"

1.28 "省嘴待客"

直到90年代末期，农村的相当一部分地区，吃肉还是一件奢侈的事。通常一家人养两头猪，过年杀一头。除了过年大吃几餐，都腌起来保存着。重大节日的盼头便是拿出一块腊肉来庆祝，然而，只要远客来到，即便不是关系密切的客人，主人也会用腊肉招待。

小时候盼客人来，因为母亲会拿出平时舍不得吃的东西待客，我们自然也有一份。

"大姨妈春节后才回昆明，这盒月饼怕不能放那么久，我们吃了吧？"

02

天命观
中庸之道

中国古今社会的稳定，除了制度、结构上的原因，老百姓相信命运和顺从命运安排应该是重要的因素。我的母亲是典型的乐天安命者，并非逆来顺受，而是本着尽人力、听天命的精神，努力进取，接受失败。他们将环境的不公，化解为命运的不公，维持了自身的心态平衡。

2.1　"心有天高，命如纸薄"

我1961年高中毕业考大学时，遭到相当不公平的对待。母亲为我落泪，一面重重复复地说：妹妹，怨命呵。她看到女儿的付出，为她优异的学业成绩骄傲，此时，不是没有抱怨。所谓"命中有的自会有，命中无的莫强求"，并非她真心的信念，却可以用来宽慰受委屈的心。

> "还真是个难题。我将来是做宇航员呢，还是当演员？"

2.2　"成龙的上天，成蛇的钻地"

有趣的是，同一句话，父母分别赋予不同的含义。在父亲口中，是告诫我们，成龙还是成蛇，会有不同的结局，类似种瓜得瓜，只有通过努力才能成才。母亲说起来，则表示人各有志，就好像："有人弃官归故里，有人半夜赶科场。

公鸡："这辈子唤人早起，成就了多少人才。下辈子会不会变人投生到富贵人家呢？"

2.3 "阎王叫你三更死，两更小鬼来敲门"

民间类似说法很多。总而言之，阎王老爹掌着生死簿，人的命数早在你出生之时就定下了。老人到身体虚弱得茶饭不思时，会说"我的衣禄满了"。我也不甚明白这是什么意思，一直理解为每个人一生该吃多少均有定数，完成定额，时辰到也。这些曾经被视为迷信的观念，到后来又被基因学、生命科学证明有它的道理。

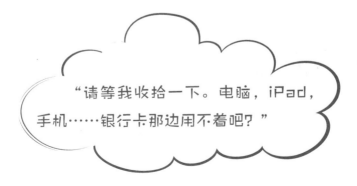

"请等我收拾一下。电脑，iPad，手机……银行卡那边用不着吧？"

(2.4) "不是不报，时候未到"

对"善有善报恶有恶报"做点补充很必要，因为报应通常迟迟不来。佛教相信今生不报，来世必报。要等到来世，必须有坚定的信念。以我的经验，得到的福报，多过自己的善举。有机会做点什么对人好的事情，尤其举手之劳，当下就令心情好起来，也就得到"善报"了。

"日行一善第八天。怎么还没中彩票呢？"

(2.5) "油干灯草尽"

中国农村普遍通电，大概要到20世纪90年代初。没有电力供应的村庄，用油灯照明。用棉花或者一种草拧成灯芯，浸在小碟或碗状的灯盏里，点燃。要是两根灯芯一道，光线就好一点。油烧干了，灯芯也就灭了。

奶奶讲过一个来自《儒林外史》的故事。家人围在一位垂死老者床边。他已不能言语，伸出两个指头。众人猜测他的意思，问他是不是要见二叔、二表弟。最了解他的一位儿媳妇将床前油灯里的两根灯芯弄灭了一根，他终于合上双眼。

"此人可不是一盏省油的灯"，也是前电灯时代留下来的说法。油曾经是很宝贵的东西，我经历过一个年代，所有物资定量供应。每人每月二两菜油。买油除了要钱，还要油票。那时已经有电灯了，偶尔会停电，点煤油灯。

如此对生死的坦然态度，令人想到"民不畏死，奈何以死惧之"之说。有位历史学家写一位历史人物一生多次化险为夷，论证他置生死于度外，却没有触及根本：他个人的生命还是他人的生命。此人论及生死，气度恢宏；行事为人，视人命如草芥。他漠视他人的生命，对本人生命终结的惧怕，则越到晚年越烈。

"替我上网查查去瑞士安乐死的价钱涨了没有。"

2.7 "有命该生，无命该死"
"生死有命，富贵在天"

认为一生经历、生死，无不在命运掌控之中。我的朋友中，无论中国人或外国人，都可分为两类，一类相信命运，一类藐视命理之说。我属于前者，常常徒劳地劝说不信命的朋友，用的是非常实用的道理。当我们努力达到一个目标，或者完成一桩任务，成功了，就感谢上苍，不居功；失败了，就说天意不在此，不泄气，"尽人事，听天命"而已。信命者，活得比较轻松。不过，那些不信命运的人，也许更加发奋。

他们一会儿说性格决定命运，一会儿说知识改变命运，都不知道信谁。

②.8 "折财免灾"

这应当是人们熟悉的自我安慰良方，发明它的人了不起。有人说，你损失了钱财，只是有小失；损失了健康，才是大损失；损失了人格，就输光了。折了钱财自然是损失，为此难受忧伤岂不是更大的损失。阿Q精神可进一步发挥，例如丢了东西，就想想捡到的人会高兴。买东西不小心给多了钱，想想对方回家告诉孩子："今天有个傻婆婆……"一家人好开心。

一位朋友打电话告诉我她新配的眼镜掉在公园里："你的办法无效，近视加散光，谁捡到也没用。""你试试打电话给公园管理处，应当有人捡到交回。"真的找回来了。

检查结果呈阴性，我就知道，幸亏前天手机丢了。

2.9 "旧的不去，新的不来"

　　小时候做错事，例如打烂碗（几率不低），担心的不是损失，而是挨骂。一只碗，半世纪前算得上家中重要财物。瓷碗尤其金贵，打烂碗是件大事。如果整块破，可以请补碗匠补起来。这手艺早已失传，在法国人方苏雅拍的晚清时期昆明照片中，有一张补碗匠写真。还记得看过神奇的匠人用手摇钻在瓷片上打钉，穿铜线固定；记得家里有补过的花瓷碗。

　　家里用的碗有三种，瓷碗、木碗和比较便宜的陶碗，也叫土碗。给小孩用的是打不烂的木碗。等到塑料碗面世，木碗就消失了。样子别致、漆成红色的木碗，在西藏等地还有人使用，并成为旅游产品。

你说的是手机，我还以为女朋友呢！

2.10 "人有小攥攥，天有大算盘"

这和"机关算尽太聪明，反误了卿卿性命"差不多，普通人的表达没有曹雪芹那么儒雅。云南人有知足常乐的性格。懒散是常态，形容进取心重的人用贬义词，"穷攥饿算"。这也有因为穷了饿了，才需要钻营的意思。当然，要逍遥得起来，先得衣食足。云南许多地方，植物茂盛，雨水充足，老百姓说，插根扁担到地里都会发芽。早年到山区扶贫，看到当地人的生活与"原始人"差不多，等到对他们多些了解，你就满心疑惑……人类的现代化出了错吗？

母鸡问小鸡："妈妈每天生两个蛋，十八天后有几个？半年后你有几个兄弟姐妹？"

2.11 "天塌了有高个子顶着"

　　自小听惯了这一排解忧虑的遁词，让人宽心，更多是为了壮胆。周围许多天性乐观、随遇而安的亲友就以这样的心态应付世事的艰难，我的大姨妈是其中一位。"文革"时她在云南双柏县教书，被"批斗"。事后讲起自己的遭遇，一面笑，一面说她是"气管冲食管"，一生气，胃口就特别好。被"批斗"完后，回去悄悄打两个鸡蛋在搪瓷口杯里，拿到锅炉房，冲开水烫熟，回宿舍慢慢吃。她深信"文革"会过去，天也塌不下来。何况，她不是顶天的高个子。

"幸好小·明比我更捣蛋，老师总盯着他。"

2.12 "躲得了初一，躲不过十五"

　　许多事情能拖就拖，而最终总是要做的，例如交作业、健康检查，或者实践一桩令人后悔的承诺。这句话还有更深一层的意思，即命中注定的关卡。例如跌一跤，骨折了；或者得了什么不轻的病，这时内心的挫伤往往比病痛本身危害更大。如果相信命中"关卡"之说，坦然以对，就省了看心理医生的时间和金钱。

今天已经十三了，还是挪个位吧。

②.13 "天不容跳蚤长大"

这句母亲用来嘲笑我们日常生活中的小小挫败的话，日后就成我自嘲的常用语。万事齐备，东风不起；或者一心一意策划的事（主要和玩乐有关），事与愿违，例如约了一班朋友去行山，到时候下起大雨。遇到小小的倒霉，以跳蚤自居，将自己惹笑完事。

想当年与两位朋友骑自行车到澄江绿冲，那时没有环湖公路，需要步行翻越尖山。扛着自行车翻山越岭的挑战实在太大。此刻见到湖边一只小船，心生一计，过去与船夫攀谈。朋友还拿出小提琴奏了一曲。果然奏效。我们应邀坐上他的船，向绿冲进发。一路高歌，不几时，小船却开始漏水，只得调转回头。用这句"妈妈说"来形容此时遭遇，再恰当不过了。

到大陆参加亚洲银行或世界银行的技术援助项目，可以报销商务舱机票，但我从来都只乘经济舱，觉得没必要费那个钱。2000年从香港去昆明，想到自己从来没坐过商务舱，决定开一次洋荤。到香港候机厅，意外地碰见我的一位好朋友，她满面愁容，原来遇到桩伤心事。上了飞机，我走过去对她的邻座说："可以和你换个位子吗，在前面商务舱。"他欣然同意，我不由想到这条"妈妈说"。

公鸡："为什么我们不能像麻雀那样飞呢，我们可比他们美丽得多。"

2.14 "早知三日事，富贵几千年"

告诉我们不必后悔错过的机会。到股市成为赚钱工具的今天，这句话就千真万确了。同类说法还有"早知跌倒，就先坐着"。这句话，用来安慰错过了钱财投资最佳时机的人。更有效的一句是"塞翁失马焉知非福"。比财富更重要的是健康。小孙女丢了心爱的滑板车，很伤心，我在犹豫这种时候能否对她讲因因果果的不测。几天后忍不住说，你知道有一句成语说不必为损失伤心吗？"知道呀，"这个二年级的小学生说，"塞翁失马。妈妈给我讲过了。"

> "房子卖了不到半年，房价就涨了一倍。你说我是不是倒霉。"

2.15 "刁钻人专遇古怪事"

命运和性格有所关联，似乎人越挑剔、越苛刻就越不如意。也有无法解释的现象，例如一位对人对己都严格要求的朋友，常常遇到古怪事：新买的电脑出故障，乘电梯被困，赶火车扭了脚。听她讲时，我都会想起这句话，当然不敢说出来。这和"疼处专碰着""越穷越见鬼，越冷越刮风"一样，经常得到验证。

> "'亲在丁丁网购物退货率80％，敬请留意'。不是我的错啊……"

2.16 "龙生龙，凤生凤，老鼠生的会打洞"

人们相信一个人的成长与他的出身有关系。当然不是因为血统。从科学的角度，民间的"龙生龙"之说应指家教而言。我的童年和少年时代分别在三个职工宿舍度过：两个相连的大院"自来水厂宿舍"，原属龙云时代军长；带花园的宅院"建设局宿舍"和三层楼、外走廊、一排八家人的"市政工程公司宿舍"。这些宿舍里，住着不同级别，不同背景的家庭。家教对塑造下一代的作用，太明显了。

"我妈会弹钢琴，我爹拉二胡，为什么我只会吹口哨呢？"

2.17 "憨人自有憨福气"

通常的说法是吉人天相，而在家里我听得最多的这一句，只因为我自小有憨名。最著名的憨故事包括四岁时上房顶去看贼从哪里爬过来，还带着一块抹布先把瓦片擦干净。五岁时被大孩子差遣，拿了一毛钱去买肉，结果新的毛衣被骗子骗走了。家人讲起这些笑话，外婆就总结一句"憨人有憨福"。外婆对我的祝福，一生保佑我。

（母鸡对小·鸡说）"你就是傻，吃食老被挤到一边，长不胖，现在是兄弟中唯一活着的。"

03

婚姻 家庭 亲友

3.1　"山潮水潮，不如人来潮"

母亲卧床十八年中，晚上、周末，我们家几乎人来客往不断。吃饭时，同学来了，亲戚来了，留饭，会客气推让一番。主人曰：坐下，坐下，添双筷子，添个碗筷不就得了。无访客的晚间，母亲会说"今晚好静呵"。那是没有电视、没有电脑，也无私人电话的年代。

3.2 "人不留客，天留客"

电话、网络成为日常沟通工具之前，访客来，不亦乐乎。母亲卧病，有人来探望，往往令她精神好许多。客人在的时候，大人不会骂小孩，客人则会夸我们。留客不止是礼节，也为留下喜悦的气氛。访客告辞，主人必多番挽留。如果此时下起雨来，那就是天意了。

此话不假。我在理论上挨过一回打。大约七岁，不记得为何激怒了父亲。他扬起火钳，我跑开，高高扬起的凶器打在饭桌脚上，无损我半根毫毛。我爬上床，趴在被子上，伤伤心心地哭到睡着。当时的情景，至今记忆犹新。

我们抱怨母亲唠叨、过分和多余地担忧时，她便发出为父母者共同的叹息："养儿才知父母心。"

"小·明说他爹今年打了他三回。我爹打我的次数哪里记得清呵。"

3.4 "打铜棺材装妈"

传说有一忤逆子，凡是母亲的意思，他都违逆。妈指东，他偏走西。他妈病危时，自忖，要是我让他给我买一副木棺材，他定会去打一口铜棺材。于是乎交待儿子说，我死后，你替我打口铜棺材吧。母亲过身后，儿子后悔一辈子违逆母意，决定遵从她最终的托付，花重金订制了一口铜棺材。

有一回当着客人的面，母亲唤弟弟"打铜棺材的"，我们大笑，旁人茫然不知何故。每个家庭、每一伙老朋友中，都有许多只有自己人才明白的典故。

"要不是我妈老说小·张比小·王好，我当初大概会嫁给小·张。"

（3.5）"活着不孝，死了鬼喊辣叫"

讽刺迟来的孝道。雇人来在丧礼上扮孝子孝女的习俗，曾经广为流传。据说现在台湾乡下有些地方还时兴付费哭丧。对哭个不停小孩，大人会骂道，别"嚎丧"了。

我曾经被借调到某单位工作。不久，一位领导去世，单位开哀悼会，几百人站立在大礼堂中，局长代表大家致悼词，念得悲悲切切。突然之间，我想起来听过一名调皮的同事模仿局长做报告，声音颤颤巍巍，拖腔拖调。原来这是他的一贯风格！不由想到："咦，这位老同志让各单位借去念悼词倒不错。"这个念头让我忍俊不禁。如果笑出声来，就死定了。我使劲儿掐自己，还是憋不住想笑。此刻，播放了千百遍的哀乐唱片滑线了："wuhong, wuhong……"我后面有人在"扑哧"一声笑出来时，机智地随即大叫："还不关掉！"我也因而得救。

"姐，两点半轮到我哭，是吗？"（父亲灵堂）

3.6 "大懒使小懒，小懒使门槛"

香港有个酱油电视广告。片末，去买酱油的小男孩愁眉苦脸地说："为什么总是要……"当观众以为他会念出酱油牌子的时候，他出人意表地一声叹息："……要叫我去买酱油。"我知道为什么，他一定是家中老幺！

而今酱油用完了，瓶子扔掉，另外买一瓶。年轻人大概不知道什么叫打酱油。过去的瓶子是不随便扔的，酱油（醋、油……）装在一个瓶子里。酱油瓶子空了，洗干净，用开水涮过，到酱菜铺去灌满，昆明人称"打酱油"。这都是小孩的活，派到我头上，第一反应是找个理由推脱，例如功课没做完。叫大弟弟去，他根本不需要理由，他从来不打算扮演乖孩子。酱油瓶递到小弟弟手里，被委以重任的小男孩很自豪地出发了。有一次，他找不到回家的路，一家人急坏了，去街道派出所求救，报告警察叔叔，走丢了的男童四岁，穿着幼儿园蓝色小罩袍，提着个酱油瓶……

"兰小姐，你什么活都推给新来的秦小姐。考虑一下你在公司的价值吧。"

3.7 "大梁不正二梁歪，三梁四梁倒下来""做大不尊，头顶屎草墩"

指家中的老大必须做出榜样。大哥长我七岁，我和他之间有三个孩子夭折。他受尽父母两边大家庭的宠爱。谁摘了外公的花，打破了碗，都让他代过，以息老人的怒气。他从小自律，父亲对他最严厉，稍有过失，就被扣上做大不尊的帽子。这些俗语应当是农耕时代，多儿女的家庭流传下来的，那时家庭是生活、也是生产单位。到现代，引申而言，一个企业、机构，乃至国家，"大梁不正二梁歪"依然十分在理。

"下一世投胎可以选择做老二吗？"

3.8 "三岁定终生""从小看六"

　　个性的养成也好，脑细胞的激活也好，人生之初的几年非常关键。一匹小马，生下来几个小时就会站立，一个婴儿却要在大人的呵护下，一年以后才蹒跚学步。养马需要专业的知识，负责任的马主会去学习如何养马。幼儿园的老师也需要受训，唯有对幼儿影响非同小可的父母，无需任何培训和专门资格。儿童三岁、四岁进入幼儿园时，已经错过了最佳的幼苗发育阶段。"过度施肥"在城市里很普遍，见过一个初生婴儿的房间，一面墙上贴满了唐诗，另一面是英文字母表。父母有个说法，不要让孩子输在起跑线上。

"我妈终于让步了，课外班只需要参加英语、钢琴、乒乓球、演讲和游泳。"

3.9 "见头说头，见脚说脚"

这是记忆中绝无仅有的，用来批判过分唠叨的家长的说法。时常以端正子女行为为己任的父母，或不接受小孩稍微出轨的家长，比比皆是。每当回忆起一位朋友带她可爱的小儿子到我家来玩，就好像听到她制止小男孩行为的大声喝唤："李晶！李晶！"这位李晶小朋友的"过分"行为，无非是在桌子底下钻来钻去之类。

和香港中文大学的同事一家去行山，有位做母亲的不放过任何一个机会为女儿增长知识："你知道这是什么植物吗？""你知道红树林为什么可以在水中生长吗？"还有一位知名教授，往往把饭桌当讲台。他会让正在吃汤圆的三岁女儿停下："你碗里原本有九粒汤圆，现在剩下五粒，你吃了几粒？"一家人去公园玩耍，他对兴致勃勃的女儿说："你好好观察游人，回去写篇作文。"何等扫兴。

婚
姻

家
庭

亲
友

3.10 "家懒外勤谨"

如果老师派我干活，或者偶然有邻居让我帮个小忙，我跑得可快了。后来发现这是许多小孩的通病。有客人在，会故意表现得勤快，或者借外人在场，趁机问："妈，我可以……吗？"

我通常的要求是一点花生酱。大哥干脆给我安个外号"人来疯，花生酱"。

马克·吐温的《汤姆·索亚历险记》中，最有趣的情节之一，是姑妈让汤姆刷墙，他将之化为游戏，哄得小朋友们要付报酬才能上阵。世间任何事情，只要你将别人哄得心甘情愿去做，就算赴汤蹈火，也会有人跟从。

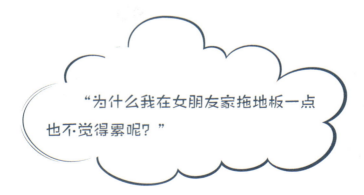

"为什么我在女朋友家拖地板一点也不觉得累呢？"

3.11 "一娘养九种，九种不像娘"

人类学家强调人的性格取决于后天的教化，而非先天因素。甚至男女的不同习性，都和儿时受到的性别教育有关。外婆生了十一个孩子，母亲众多兄弟姐妹，受一样的家教，个性、价值观都各有千秋。父母一辈中，有七八个小孩很寻常。想到他们的举止行为天差地别，书本上的理论就很难令我信服了。基因和教育的因素各占多少，据说是6：4，至今没有定论。既然目前基因尚不可改变，教育的作用自不待言。

（瘦小的男孩指着台上的健美先生比赛得奖者）"你们可能不信，他真是我的亲哥哥。"

　　而今出门公干、旅游的人，回到家都会这么念一句，尤其住在生活十分方便的香港。不少人体会到，旅游的好处之一是让我们知道家里多舒服。"在家千日好，出门一日难。"90年代初，到美国探望亲戚朋友，才明白从前在电影里看到的，令人羡慕的花园别墅式住宅，原来要耗费这么多时间精力去打理。人富裕了，都急于去建造自己的金窝、银窝。一对事业成功的年轻夫妇，携子女搬进装修得美轮美奂的上海浦西豪宅，住了一个星期，觉得这不是自己向往的居所，又搬回浦东原来的"狗窝"。能想得通，不追随潮流，不为面子而去营造居所的，也许是少数。

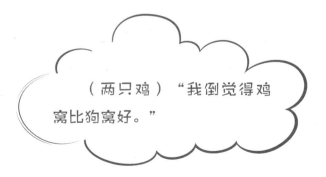

（两只鸡）"我倒觉得鸡窝比狗窝好。"

3.13 "箍桶索"

　　用木板做一只桶，需要用绳索将板捆在一起。现代人不用木桶担水吃，木桶的联想仅剩下酒窖里的橡木桶。

　　凝聚两代以上家庭的通常是一位女性。母亲虽然常年卧病在床，但她不仅是我们家的"箍桶索"，也是有十一个兄弟姐妹的外婆家的"箍桶索"，负起给省外和海外的兄弟姐妹们写信的职责，让大家保持联络。说职责不准确，联络远走他乡的亲人，是本分，也是充实人生的情感需求。"二姐"谢世，这只桶便随之散了。小时候天天一道玩耍，形同家人的表姐弟兄妹，至今甚少联络，那条箍桶的索子，其实是文化。

3.14 "打心锤儿"

在独生子女家庭中，宝贝孩子当然就是"打心锤儿"。孩子的一切都连到父母心上。父亲第一次抱起初生儿，那份感动直接敲进心房。打心锤儿也让父母变得紧张兮兮。女儿小的时候，就算得了伤风感冒，我也觉漫天乌云，看不到光明。她上小学时，有几年，每个月都会发烧，一紧张就肚子疼。我老觉得她得了什么重症，惊恐地想，她万一出什么事，我无法活下去。后来终于想到一个令我心安的办法。说出来很极端，那是受一位年长朋友的启发。

她出身湖南的书香世家，家族受皇帝赐过一门两状元的匾。她的丈夫曾为国民党的将官，1949年，别人退到台湾，他因高堂在，反其道，携妻从台湾回昆明侍奉老母。她怀孕七月，丈夫去世，她决意追随之，未果。儿子早产。她做车衣女工，将儿子养大。学业出众的男孩，后受感情挫折，决定不再苟活。好在故事最终有了完美结局。多年后，我忍不住问她，你的儿子试图自杀时，你为什么不去求救，不去阻止他。她说，他走掉的话，我马上走。

对许多父母而言，孩子不仅仅是"打心锤"，而且是他们生命的支柱。

3.15 "人亲骨头香"

　　会有这种感觉吗？家人或亲戚分开许久，见面并不觉得生疏。三舅1945年考取云南省公费留美出国时，我才两岁，对他的记忆都是后来看到的照片和信件。1972年，尼克松访华，签署了《中美联合公报》，对寻常百姓的意义，便是隔绝二十多年后，旅美的游子被准许回国探亲。1973年，三舅是第一个回昆明探亲的美国华侨，可惜外公、外婆没有等到这一天，舅舅的归来既喜亦悲。见到从未谋面的舅舅，讲一口地道的昆明话，立刻有见到亲人的感觉。

　　父亲抱起襁褓中的外孙女，伸出一根指头，婴儿会立即用小小的拳头握住它。父亲于是说，你看，人亲骨头香。我看不出中间有什么联系，而这句话，永远让我想起父亲，想到他看着外孙女的一脸慈祥。

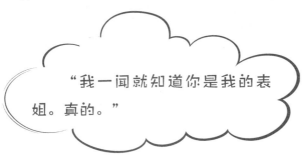

"我一闻就知道你是我的表姐。真的。"

3.16 "打在儿身，痛在娘心"

这句话好像是我的奶奶说的，就像是一句台词。大概来自她最喜欢观看的"花灯"——一种用昆明方言演唱的地方戏。记忆中昆明乡下每个村子都有唱花灯的传统，直到2019年，我夏天在昆明，傍晚散步，经过几个安置城中村农户的小区，都能看到一群群花灯演唱者，女的唱，男人拉二胡伴奏，他们都不再年轻。较年轻的女性跟随音乐跳广场舞，男的坐在草地上聊天。我的奶奶去世多年，花灯大概迟早会消失吧。

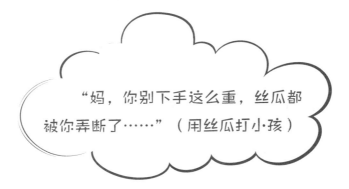

"妈，你别下手这么重，丝瓜都被你弄断了……"（用丝瓜打小孩）

3.17 "打是心疼，骂是爱"

这也是奶奶说的。她讲的故事，大多和教育有关。其中一个有点恐怖，我印象很深。话说有个罪犯在被杀头之前，要求见他母亲一面。母亲来到，他前去抱住，将她的耳朵咬了下来，说：我今天落得这个下场，都是你从小不好好教我做人的结果。估计这也是奶奶从哪一出花灯戏里看到的。50年代初，要求家庭妇女去参加工作，母亲每天上班，奶奶替我们做饭好几年。她从不"教育"我们，只是讲些花灯戏里看来的故事。

"二姐，你不觉得妈偏爱你吗？昨天骂你三次，才骂我一次。"

3.18 "叮叮糖，吃了不想娘，想起娘来哭一场"

不知道这句话后面有何典故。听见外面叫卖"叮叮糖"的老头小铁锤清脆的敲打声，捏着两分钱迎出去的欢乐，怎么会和伤心事有任何关联呢？它让我想起从小就会唱的儿歌："一个小和尚，去烧香，两眼泪汪汪；弥勒佛，在中央，十八个和尚在两旁；可怜我，小和尚，从小没爹娘。"教会两岁的女儿，她回昆明唱给家人听。她的广东口音令家人大笑，父亲过后却责备我，怎么教小孩唱那么凄惨的歌。小时候唱的儿歌，许多都有几分感伤。毕竟，歌谣是大人编出来的，带着艰难年月的印记。

80年代初，和一个到香港来做中国教育研究的德国学者聊天，他说特别想家。那时国际长途话费很贵，他只能每周末给妻子打电话。我想绕个弯问问他是否也给父母打电话，就说："除了你太太，你最挂念谁呢？"他毫不犹豫地回答："我的狗。"

（拿着母亲牵小孩的照片，大哭）"那时我三岁，妈妈叫我小宝。"

3.19 "公不离婆，秤不离砣"

朋友夫妇七十多岁了，每天手牵手散步，成了小区的一道风景。羡慕的路人忍不住举起相机，照片传到网上，让两人更受瞩目。他将故事讲给我们听，笑眯眯地补充道：实际上，我眼睛不行，她腰腿有事，不相依相靠的话，不方便，也不安全。

长辈说到出双入对的恩爱夫妻，会带几分讪笑。口口声声称赞丈夫的妻子，叫"夸夫匠"。妻子在丈夫跟前说人坏话称"告枕头状"。在此记下一则怕老婆的故事。新上任的县官，召集本县官吏训话完毕后突发奇想道："听说本县多惧内者。好，我来看看是否当真。凡是怕老婆的，都站到右面；不怕的，就站到左面。"慢慢地，下属们一个个惶惶恐恐地向右移步。末了，只剩下一位仍然企立在左。"哈哈，我说呢。还是有一位不怕老婆吧！"此人面带愧色道："禀告县长大人，我老婆说，人多的地方别去。"

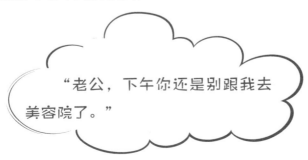

"老公，下午你还是别跟我去美容院了。"

3.20 "白天走东东，半夜纺线吓老公"

在我们小的时候，晚间过了该上床的时间还在赶功课，必是白天贪玩的结果，母亲便如此嘲笑我。我用这句话来挖苦开夜车的同学时，脑子里浮现一个装模作样，坐在纺车前的小媳妇。模特系着围腰，是新凤霞扮演的刘巧儿。

老公你先睡吧。我还得检查老二的作业，发面蒸早餐的馒头……

打了一天的麻将，真累……

(3.21) "挑七挑八，挑到个脚跛眼瞎"

男耕女织的时代一去不复返，单身可以是女性的选择。优秀的女孩子大有可能成为"剩女"，"嫁还是不嫁"，困扰着多少聪明能干美丽，年过三十的女生。

年轻时读《傲慢与偏见》，看到老父亲劝爱女不要轻易委身于不值得爱者的话，认为是至理名言："我清楚，除非你真心实意敬重你的丈夫，除非你景仰他，你既不会幸福，也得不到尊重。在不平等的婚姻关系中，你那些可爱的天分会将你置于危难之中。你将难以逃避羞辱和困苦。我的孩子，别让我因为你无法尊重你终身的配偶而伤心。"（I know you could be either happy or respectable, unless you truly esteemed your husband, unless you looked up to him as superior. You lovely talents would place you in the greatest danger in an un unequal marriage. You could scarcely escape discredit and misery. My child, let me not have grief of seeing you unable to respect your partner in life.）

待阅世有时，才想到此话不是出自班拿特先生之口，而是天才女作家奥斯汀的想法。她一直没有等到值得自己景仰的男人，终身未嫁。

（牵狗的时髦女性）"她大姨，您这观念早过时了。现在的单身女子活得可自在呢。不信你问那些开宠物店的。"

3.22 "嫁不着害自家，娶不着害全家"

婆嫁是两家人的事，结婚是两个人的事。从前者过渡到后者，在中国几乎走了一个世纪。这句简单而含义深刻的俗话，已经从历史中淡出。这句话也可以反过来说，娶到好媳妇，全家受益。我的大舅妈30年代随父母到东北，嫁给大舅，一位年轻英俊的军官。1949年大舅一家到了台湾，80年代初，两岸亲属可以团聚时，大舅已经过世。按家中规矩，有关祖业等事，须大舅妈做主。那时家中有一处物业，兄弟姐妹共十一人，有的已经过世，有的早已移居海外。大舅妈说，房子就卖十一万，少了不卖，多了不要。平均分给十一个子女，无论是否在世，住在何方。分掉后，如果该人不要，自行处置。她的果断和明智令众人心服口服。

(3.23) "少是夫妻老是伴"

这是对婚姻的正确理解。母亲的外婆不识字，以为结婚的意思是"结昏"，昏昏叨叨地结合，明明白白就结不了。等清醒过来，也就是找了个伴。不幸的婚姻是负数，幸运的婚姻是正数，单身为零。幸与不幸，和恋爱无关。恋爱是一种幸福的"非常态"，对绝大多数人而言，迟早都会过去。

婚姻 家庭 亲友

下个月就是金婚纪念了。邮轮咱可不敢坐，
给你买了条金项链。

3.24 "早发财不如早生子"

像许多"妈妈说"一样，这应当也是农耕时代传下来的说法。"发财"只是梦想，早生儿子，有人帮手干活，切实可行。更重要的是不但完成"传宗接代"的人生使命，而且可以令晚年有指靠。在中国，农村的养老保险、社会福利也不过是2000年以后逐步推行的，之前的数千年，不靠"养儿防老"，靠什么呢？"生子"是关乎生老病死的大事。

"人家二娃都能扛30斤土豆了，我家这妞才会走路呐。你说我这命啊！"

3.25 "前世的冤家"

通常指难以管教的儿子，也叫作"讨债鬼"。一般都相信子女坏毛病与父母教养不得法有关系，或者跟了坏朋友。现实生活中，的确有许多优秀的父母无论如何也不能扭转子女堕入歧途的命运。

"我妈说，我是来讨债的；但她不知道前世欠了我多少。算上通货膨胀，应当是一笔巨款。"

04
钱 财

(4.1)　"儿多累母，财多累主"

　　二十世纪50到70年代，周围似乎没有富人，也就谈不上为财所累了。彼时，城市里，工资差别不大。一家人的收入，用人口一平均，儿女多累一家受困。

　　农村集体化时代，农民的劳动以工分计。例如一个男性强劳动力，每出一天工有十分，女劳力八分。而分配粮食时，只有30%至40%是按工分计，余下是按人头。换言之，劳动收入不到总收入的一半。农村劳力多，对集体付出大的人家可能反而不够吃。小孩多的家庭则占很大便宜。这种分配方式大大刺激了中国的人口增长。

"妈，你别让我穿我五姐的这件衣服去学校好不好？她的同学，还有四姐、三姐、二姐的同学都能认出来呢。"

4.2 "拿人的手软，吃人的嘴短"

二十世纪90年代参加国际扶贫项目，去内地贫困地区，凡是请客，上的菜通常超过正常份量的两倍以上，我通常是专家组中唯一能讲中文的，费许多口舌要求主人克制。常常"威胁"他们说，我会写报告说他们很富裕，不应当在此开展项目。80年代初，因为多年没吃好的，有机会就大吃一餐，顺理成章。数十年过去了，奢侈大餐依然是公关手段。人性使然，这是令人手软、嘴短不变的方式。

"他大爷，票一定投给你。但这红包我不能收。"

4.3 "吃不穷，穿不穷，不会打算一世穷"

70年代末，从社会主义的大陆，来到资本主义的香港，才体会到这句话的真谛。香港原来除了公务员，其他人没有退休工资，到二十世纪90

年代中，才推出强基金制度。一般人都需要在退休前有足够的积蓄以度晚年。不甘心钱存在银行里随通货膨胀贬值，只好学众人去投资。但看到别人总是能赚，自己总是亏，怪自己不会打算，想念大陆的好处。用诚实的劳动致富，虽然没有形形色色的"打算"那么快，但打算错了，或者运气不佳，转瞬间也可能变穷。当初想出这句话的人，绝对始料不及。

4.4 "亲兄弟，明算账"

牵涉钱款时推脱朋友的好意，例如外出用餐，饭后争相付款，各不相让，只好采取折中办法。年轻一代，已经学会从西方传到港台，再从电视传到民间的说法：AA制，或者学美国人Go Dutch（各自付账）。

大伙一道吃饭，接近尾声时，有人拎起包，装作去洗手间的样子，很可能是悄悄去付款。也有相反的例子。两位在台湾地区颇负盛名的文人在美国机场相遇，共进早餐。该结账时，各自拿起一张报纸。服务员来回走过几趟，甲实在耐不住了，说我们付款吧。乙道，哦，我没有美钞。甲只能认输。他们俩都不缺钱，讲起自己如何施小计榨挤他人口袋，津津乐道。故事是甲亲口讲的，没有得到许可，不能写下真名，只能透露是两位男士。

钱财分明乃与人相处之道，同时也有一条奇怪的、约定俗成的规矩，为人服务，送人东西，请人吃饭，都不在钱财的范围，无须计较，也无所谓礼尚往来。

哥，上次问你借的100元，连利息还你103。
来，拿着。

4.5 "洞有多大，蛇有多粗"

　　母亲的专业是会计，也是家中的财务总管，一直到她卧病不起、到去世，都以专业的态度，对家中开支记明细账。母亲去世后，留下一叠账簿，从1960年到1973年。学生用的练习簿上，一行行秀丽的钢笔字不只记下一家人的花销细目，也勾画出那个时代百姓的生计简图。1960年那本，粗糙的纸质灰灰黄黄的，凸凹不平。她的原则是量入为出，该花的花，该省的省。我不到十岁时，有一天帮着母亲一道在单位宿舍的水龙头洗衣服。她和几位邻居聊天，说了这句话，我觉得很有趣。明白它的含义，是许多许多年以后了。

钱
财

4.6 "小账不可细算"

这和英国的谚语Look after the pennies and the pounds will look after themselves（聚沙成塔）很相似。我们小时候，口袋里只几毛钱，不得不精打细算。小学一年级，得三分钱早餐费，买个米浆粑粑两分钱，结余一分花在炒蚕豆还是人参米上，颇费思量。好像到三年级，加到五分钱，选择就广泛多了。烧饵块夹半根油条，是人间美食。三分买烧饼的话，剩下的两分够买两片腌萝卜或半条腌黄瓜。要是有足够的意志力将今天的两分积攒下来，加明天的两分，简直就成富翁了。

杨振宁博士70年代重返昆明。一大早，负责接待他的官员到酒店，准备与他共进早餐，他却不知去向，原来是上街买烧饵块去了。那是他对昆明的美好记忆之一。

"从今天起每天少喝一瓶可乐，多少天后够钱买部新手机呢？"

(4.7) "莫想一锄头挖出个金娃娃"

　　彩票、股票倒是可以一锄头挖出个"金娃娃"，当然，也可能一昼夜变成泥娃娃。在凡事求速成的时代，所有奉劝人通过诚实的劳动，慢慢积累财富的信条，似乎都不再是真理。所幸就算在最发达的资本主义国家，绝大多数人还是相信种瓜得瓜。

花50元买到齐白石的画，
高兴了半天。
原来是仿制品。

(4.8) "钱是身外物，
生不带来，死不带去"

经济学教授而擅长在金融市场上赚钱的，我只见过一位。据说除了学问和外汇买卖，他别无爱好。朋友开玩笑道，你赚了这么多钱，怎么花呀。他思索了一会儿，回答说，将来退休去旅行，坐头等舱。他退休多年后，有一次我婉转地问他，你都去哪些地方旅行呀？"我不旅行，在家研究易经。"

在西方，成立公益基金的大亨为数不少。在我国，台湾地区有许多的企业家创办NGO为民服务，或转型做社会企业；香港富豪回馈社会，多选择捐赠大楼给学校之类名留千古的方式；大陆企业家转向公益者，大概也会越来越多。那是悟透人生的必然。

钱

财

4.9 "大缸里泼油，蚊子屁眼里掏屎"

母亲常用来饥笑我小处节省大处浪费。

英文对应的说法penny-wise, pound-foolish（因小失大）用得很广泛，尤其批判政府财政政策，常常大钱乱花，小钱抠。

见过不少心念环保的人，日常生活中注重省水省电，但开车出门旅行、乘飞机游列国时，从不计算耗费的能量、造成的污染。

"你又忘关灯了。咱明儿买盏水晶吊灯吧，气派多了。"

4.10 "死水不经瓢舀"

只要有固定收入，多多少少都可以过日子，断了来源，就算有点积蓄，也不能长久维持。母亲持家，每月都要多少积下一点钱，以备不时之须。到"文革"，父亲被关进"牛棚"，造反派到家里来，没收银行存折，当然也冻结了工资，活水、死水都断了，幸而有亲友施以援手。

50年代初，被"扫地出门"的旧官僚、资本家处境更加不堪。只有变卖身边物件去买油盐柴米。有位朋友四五岁时，随母亲去卖衣物。一只皮箱盛着母亲的皮大衣、缎子旗袍等物，让小男孩守着，有人过来表示兴趣，他再去把躲在巷子里，羞愧难当的母亲唤出来。

"春节收到的红包只剩下10元了，还要等10个月才到下次'恭喜发财'呢。"

05

起居　饮食
健康　样貌

5.1 "晴带雨伞，饱带干粮"

　　这话说的是未雨绸缪。昆明四季如春，阴晴无定，紫外线强，现在女人出门带伞，晴遮太阳阴挡雨。我们小时候，晴天打伞被人笑："打把东洋伞，嫁给李排长。"就算阴天，小孩子也嫌带伞麻烦。高原的雨，哗哗浇下来，路若川。雨过天晴，一个时辰后，地上连水迹都不见。大人总认为淋雨会生病，出家门，母亲惯例地提醒带伞，加衣。她总是认为我没穿够衣服，等到她拗不过我时，表示我长大了。

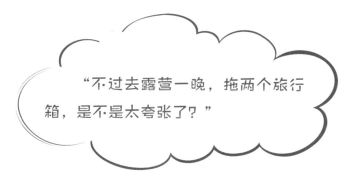

"不过去露营一晚，拖两个旅行箱，是不是太夸张了？"

5.2 "摩登不怕冷"

"摩登"指追求时尚、爱美的女子。今日中国，大无畏的"摩登"到处可见，雨雪交加的天气穿着低胸裳；旅游点崎岖不平的山路上，足蹬三寸高跟鞋。摩登无所畏惧。

（冷风中，穿着时髦但单薄的女郎对替她拿外套的男友说）"我不冷，你先拿着，等人散了再给我。"

对初中和高中时代最深的记忆是睡不够和吃不饱。初中二年级，我们家搬到城的另一端，我住了半年校。宿舍的墙用木板拼成。冬天夜晚，风从墙板之间吹进来，好似睡在露天。用绳子将被子下端扎起来，仍然不暖和。双脚冰凉，冻疮又痒又疼。感觉好不容易才睡着，催命般的起床哨尖声响起。带早操的体育老师极端负责，一副铁石心肠。我曾经钻到床底下，本想在那里再安睡一刻，还是被他拖将出来。早起早睡的训导，大概对全世界的小孩都是一句空话。

5.4 "香棍脖子，橄榄头"

张乐平漫画中的三毛，就是这个样子。小孩因为头长得大，被同学取个绰号"大头"。同学笑道，"大头，大头，下雨不愁；别人有伞，我有大头"。头大的小孩似乎都比较聪明。上天给他们足够的自信，不在乎被小朋友笑。

"我爸爸说，头大的人比较聪明。"

想来是从"聪俊"演变而来的。记得念小学时，几乎全班女生都喜欢一个长得斯文、白净的男生；中学时代，在篮球场上身手灵活的少年，最令少女倾心；到上大学时，往往"各花入各眼"，彼此的吸引力，和样貌、品格、才智不一定直接相关。这是否能成为进化论的反证呢？

我才不羡慕长得标准的男生呢。
听说过"男才女貌"没有？

5.6 "一白遮住三分丑"

我们昆明女孩通常皮肤较黑，在我们眼中，外省的女孩都比我们好看。现在昆明的女士或大女孩，一个个也都白白净净。大家注意抹防晒霜，无论天阴天晴都打伞，有骑行者装扮得好像来自阿拉伯。紫外线是大家共同的敌人。

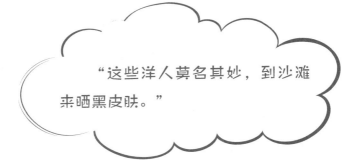

"这些洋人莫名其妙，到沙滩来晒黑皮肤。"

　　据说当过兵的，吃过集体伙食的，留下的后遗症是狼吞虎咽。有一种人，吃饭、走路、说话都急匆匆，例如本人。这类急性子通常做决定、办事都快。

　　父亲认为女孩子家，吃饭必须注重仪态。有一天，他在我座位前放了一面镜子。换了敏感的女孩子，一定会气得大哭。我则大笑着说，有其父必有其女。外孙女五岁时，留意到我吃饭的速度，说：幼儿园有个小朋友吃饭很快，老师说他狼吞虎咽。不是说童言无忌吗，她怎么学会了委婉。

"刚才吃的是鲍鱼吗？为什么不早说？我还以为是面筋呢。"

起居 饮食 健康 样貌

5.8 "为嘴伤身"

这比"病从口入"弱一个档次，吃了不该吃的，不一定生病，但不利于健康。这句话说出了要害，就是嘴馋。有人劝告我咖啡别放糖，我衡量了一下，在可能早死和咖啡不放糖之间，选择了前者。这种态度被长辈骂："宁愿眼睛瞎，莫让嘴放塌（落空）。"什么样的先见之明！那个时候并不知道糖尿病的晚期真会眼睛瞎啊。

5.9 "眼大肚小"

　　这句教训孩子的话，适用于前些年几乎所有的商务酒席。

　　90年代初，参加新西兰的农业技术转移扶贫考察，到山东某县。县委书记亲自陪我们下乡，每到一个乡镇，必大摆宴席。菜已经摆了满满一桌，再接再厉，至第二层。我说："你们如此浪费，何必要外援，自己节省就成。"书记说他进厨房交待，保证吃完不剩。众人吃饱后，两大盘菜端了上来。书记说，硬着头皮扫光盘子。难为他。

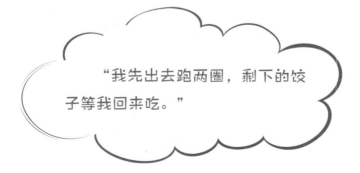

"我先出去跑两圈，剩下的饺子等我回来吃。"

起居

饮食

健康

样貌

5.10 "馋咬舌，饿咬腮"

　　50到70年代末，我们成长期中，大多数时间都食物匮乏，小孩子随时"饿痨痨"地，吃起东西来狼吞虎咽不足为怪。弄不好，就咬到自己。一不小心咬到，我都想想这句俗话，以此判断到底是因为饿还是嘴馋。昆明人形容肚里缺油水为"糙心寡辣"或者"糙滴滴的"。

"我妈说我嘴馋，可我明明是肚子饿。"

5.11 "一顿撑伤，十顿喝米汤"

　　小时候盼望过年，脑袋里挂住的不是一年一套的新衣裳，而是美食与大餐。不可遏制地大吃乃至过量，大概是食物匮乏时代的特征。弟弟是馋鬼，每次去做客，多半会吃太多，回来肚子疼，我们就冲着他这般大叫。

太后悔了。昨晚那顿饺子吃到80个就应当停嘴了。

(5.12) "三天不吃饭，饿成个寡鸡蛋"

"寡鸡蛋"指坏掉的鸡蛋。这样无来由的说法像好些俗语一样，为了押韵而已。朋辈生病，本该同情，不明白为何还这样拿人取笑。没有恶意，也就伤不了人的心。现在人病一场，就自我安慰说，起码清减了两斤。瘦一点成了多数人的目标。看过一部以70年代初为背景的电影《孔雀》，其中一个男孩巨胖。我想来想去，也想不出70年代初见过一个肥胖的少年。

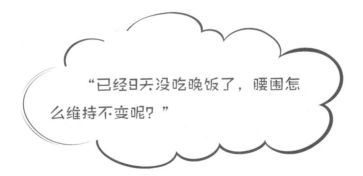

"已经9天没吃晚饭了，腰围怎么维持不变呢?"

加了"一早晨"，便将长命百岁这句用得很烂的俗语变得有趣。但通常不是祝福，而是讥讽。例如看到谁每天服用十多种增进健康的补充剂，就这么评论一句。

妈
妈
说

> "人均寿命都87了。糟糕，我的积蓄还够用10年，到时候不死怎么办呢？"

5.14 "隔锅香"

只要到别人家吃饭，都觉得比自己家的好吃。60年代，我们家住在昆明市政工程公司集体宿舍，三层楼，每层十二户。外走廊兼过道兼各家的厨房。一家烧菜，户户可闻。星期天，我们才起床，隔壁的宋伯母已经排几小时队买回来那时稀缺的猪肉之类。我们吃饭时，他家炖肉汤的香味飘进来，不是滋味。

1979年到香港，在红磡廉租屋住了一个月，同样的过道兼厨房格局。让我惊讶不已的是，香港人每餐吃得好像我们过年过节那样丰盛。正值夏天，晚间七点来钟，隔壁一位男子，光着膀子，一手持锅，一手挥铲，将烧酒浇进炒菜锅的一霎那，香气飘满整条走廊。

"胃口被隔壁的红烧肉给吊起来，又被自家的炒白菜压下去……"

5.15 "饮食、饮食，就是引着引着地食"

生病的时候，母亲会劝我们要勉强进食，并说这句劝食的语录来自不识字的曾外婆。把握语言，如果仅凭借声音，而没有字的联想，不仅是"引"和"饮"不分。按音断意的说法能引出不同的联想。母亲说，她的外婆劝婚姻不愉快的亲戚道：昏晕（云南话"晕"和 "姻"同音）、昏晕，不就是昏昏晕晕地过日子吗?

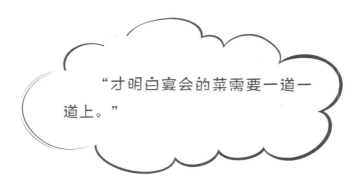

"才明白宴会的菜需要一道一道上。"

5.16 "人是铁、饭是钢"

和上面一句同样用于向病后没胃口的人劝食的俗话，不可以从科学的角度去理解。计划经济年代，昆明人的大米供应量，长期是女的21斤，男的25斤。如果家境差，买不起多少副食品，大概就勉强够吃。从事体力劳动，本来食量就大，这点定量就不够了。大家习惯在亲戚朋友之间调剂，一般都过得去。到1959年定量减了四五斤，副食品也限量供应，例如每人每月两块豆腐，人们就体会到这句俗语的含义了。但现在有说法，吃淀粉不利健康，是否颠覆了这句古老的俗语呢？

和食物有关的口诀很多，例如：

姜辣嘴，蒜辣心，辣子辣眼睛；姜开胃，蒜打毒，辣子吃了通筋骨。

桃饱人，杏伤人，李子树下睡死人；蒜攻百毒，不利于目。

与烹饪有关的也很多，还记得"生葱，熟蒜""千滚豆腐，万滚鱼""有油无盐，吃死不甜"，许多都忘了。

"我妈老说我吃得太少，我的腰围总怪我吃得太多。"

5.17 "一样米养百样人"

接受与自己不同的人，了解人和社会的多样性，这些被各种学科包装成理论的认识，其实都早已经是民间智慧。我们曾经相信因为教育、价值观、处境、信息等不同，导致彼此的立场和观点各异，乃至冲突。信息时代来到，才发现并非单一的因素导致见解的差别。同样善良聪明的人，各自吸收和消化信息，也会得出不同的结论。一样米养百样人，是否因为"肠胃"不一样？

"我妈和我爸不能碰的话题包括：气候变暖的原因，美国政治，各自的偶像，我是否应当出国留学……"

5.18 "知人知面不知心"

　　"文革"中，我们到军垦农场接受"再教育"。出发前，一位同学的母亲来为我送行，对我说：你们太天真了，要知道"害人之心不可有，防人之心不可无"。我从小听到过无数"妈妈说"，从来没有听到这一句。对"知人知面不知心"的说法，也只有模糊的印象。我小时候的许多"憨故事"，都和轻信有关。例如被骗子骗走新毛衣。大人只是取笑这个女孩，并没有教她提高警惕，令她活得又傻又轻松。

"老师眉头紧皱，不知道是要骂我们，还是他肚子痛。"

06
行为 个性

6.1 "来不参，去不辞"

许多行为规范，要等到你触犯规矩，挨父母骂，多次错、多次挨骂，才有点效。每天进家、出门，得说一声"我来了"；出门"我走了"。上世纪初，父亲上小学的时候，每天放学需到前后庭院，楼上楼下十几间房，包括长他两岁的姐姐房中，去报告"我回来了"。我现在独居，每天回家无人可参。有时用钥匙拧开门，想象父母之灵会在此等候，心中念道："我回来啦！"追寻那份回家的喜悦。

在女儿家住，告诉七岁的外孙女这条重要的家规，她很快适应。早上起来、晚上睡前，进门、出门，都和我打招呼。

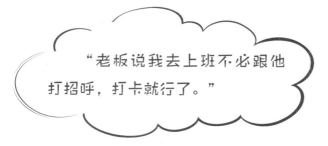

"老板说我去上班不必跟他打招呼，打卡就行了。"

"一只手抓十条黄鳝"

　　我上中学起，母亲便卧病在床。我得照料母亲，并承担许多家务事；但好玩的事不放过，因为虚荣心，还要在班上考第一。母亲常笑我一只手抓十条鳝鱼，形容我总是东奔西跑，"忙得小头发不粘身"（额头上的细发飘了起来）。等到我做了母亲，才体会到她一定以此非常难过。我女儿显然遗传了我这"心有余而力不足"的特点。她从大学选课到出来工作，计划要做到事都超过时间之许可。

"今天下午要开会，写报告，订机票、酒店，去超市、健身房，还忘了什么？"

6.3 "老狗记得千年事"

大约六岁时，有一回随母亲上街，走过一条小巷，我指着里面一道门说，我小时候你带我去过这家人家。"小时候"是两三岁的时候。母亲笑道，你真是老狗记得千年事。我从此记住这句话。《家在云之南》的读者，往往问我为什么记得那么多小时候的事，母亲对我的这句嘲笑是标准答案。

"你外婆买给你的这条裙子，和我三岁时她给我买的那条几乎一样，只是多了个小口袋。"

(6.4) "扁担挑水两头塌"

一心二用，同时做两件事的结果，往往事倍功半。昆明是较早有自来水的城市，但也到50年代中，才普及到每个院子有水龙头。这之前，用的是井水。水井通常在巷口，家家有个蓄水的大水缸。小孩到十几岁，就开始担任挑水的任务。还记得我学打井水的经历，将桶底朝天抛下去，左右摆动拴在桶上的绳子，待桶灌满水下沉时，左手、右手替换，拉将上来。 学会这样的技巧不是一天两天的功夫，学会了，带来难言的成功感。担水时会遇到"扁担挑水两头塌"，令人沮丧。水桶打翻，弄得鞋子湿掉，回到井边，从头来过。

"早知道就别推掉小·张的约会了。"

（6.5）"君子动口，小人动手"

研究中国的专著，汗牛充栋。细思，觉得主要问题都可以从幼儿园老师的教诲中找到答案。小朋友们记住了：第一，不可以动手打人；第二，不能说谎话。其实很不容易做到。

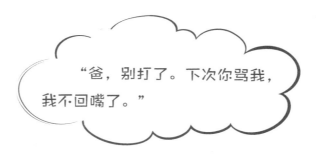

"爸，别打了。下次你骂我，我不回嘴了。"

（6.6）"包揽包埋"

形容一件事负责到底。母亲常说，受人之托，忠人之事。有一种人很忌讳麻烦别人，哪怕别人只是举手之劳，也不愿意欠人情；另一种人则觉得相互帮忙，增进友情，甚至开玩笑说，朋友就是用来利用的。

朋友之间帮忙帮到底，凭的当然还是情分。

6.7 "身正不怕影子斜"

　　这一条强调洁身自好，是非任人评说。在资讯不畅通的年代，因为信息不对称而导致"影子斜"很平常。到了互联网时代，海量的信息经不同目的、不同立场的"发射台"发出，受众按立场选择发射台，结果看到的"影子"可能完全扭曲了"正身"的样子。上世纪30年代自杀的女星阮玲玉发出"人言可畏"的悲鸣。那时谣言传播的速度和范围与互联网时代相比，不止小巫见大巫。

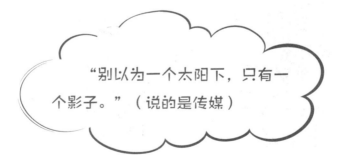

"别以为一个太阳下，只有一个影子。"（说的是传媒）

6.8 "食不言，睡不语"

这条外公家的规矩，在我们家行不通。吃饭时，一家人交换有趣的事。儿女汇报老师说了什么什么，某个小朋友今天怎么怎么。待我们姐弟长大后，饭桌就是争论的场所，甚至离桌去取本书来驳斥对方。回想起来，那是多么值得珍惜的场景。而今，又到了另外一个食不言的时代，围桌而坐，各看各的手机。

6.9 "强干白，强到晚，饿到黑"

　　昆明话"强干"有争辩的意思，和辩论不一样。强干者持一见解，不论对错，目的只是将对方驳倒。就像西方学校里时兴的辩论比赛。我的大哥小时候是典型的好辩者，将之当成智力游戏。除了为争辩而争辩以外，还有打赌和各种争胜负的游戏。例如我们同时闭上眼睛，说出跟前的楼梯共有几级。如果我口袋里正好有外婆给的几分钱，就玩打赌。我总是输给他，然后他又设赌局另外来一次，我赢。长大一点，就猜到他是故意的。

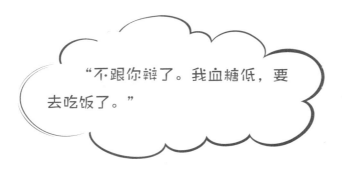

"不跟你辩了。我血糖低，要去吃饭了。"

6.10 "叫花子打牙祭，酒少话多"

在食物匮乏的年代，普通人逢年过节才能够大块吃肉。有什么特别的场合吃一顿好饭好菜，称为"打牙祭"。"文革"后期，大家有的是时间，没有的是钱和食物。我们一帮朋友常常凑到一起度过周末，各自贡献一点吃的，自嘲为"叫花子打牙祭"。

节目单：

6：00—6：30，领导讲话；

6：30—7：00，嘉宾发言；

7：00，晚宴开始……

6.11 "一遍金，二遍银，三遍四遍花子形"

大人教训小孩，诲人不倦，可以一遍一遍地唠叨。对孩子的要求是另一个标准，说话不应当左遍右遍地重复。外婆常说，你姨妈嫌我唠叨，等她老了，比我更唠叨。果然言中。老人说话重复是记忆衰退的象征，情有可原；小孩的重复，多出于无奈。香港一个电视广告上，有个小女孩在妈妈后面跟出跟进，不停地重复一句话："你抱抱我好吗？"一脸可怜相。母亲忙前忙后，最后终于抱起她，笑容在小女孩脸上像一朵花那样绽开。

"老师，对不起，我只抄了两遍书。我妈说，'一遍金，二遍银……'"

6.12 "左耳进，右耳出"

　　60年代末到军垦农场接受"再教育"，连指导员强调，做思想工作，就是得有一张婆婆嘴，天天讲，月月讲。他一站上讲坛，双手叉腰，对台下大学生怒目而视，滔滔不绝一两小时。从小练就的左耳进、右耳出的功夫，可管用了。

还是电脑可靠。"Control" + "Save"，搞定。

6.13 "嘴皮磨出泡"
"耳朵听出老茧"

　　诲人不倦，是做母亲的天职，我们如果听得进去，她就不用反反复复地讲。我在五六十年后的今天，还记得许多母亲的语录，可见听了不知道多少遍。外婆抱怨说，你四姨嫌我唠叨，等着瞧，她老了会比我唠叨。果真应验。一代代唠叨下去，是人性，是世道。

我最后跟你说一次，咱俩没戏！

6.14 "眼懒手勤谨"

这是简单的道理，只要克服了眼睛的懒惰，动起手来，家务事其实并不可怕。例如看到地板脏，今日复明日，懒得去打扫。一旦拿起拖把，拖地就变成一件颇愉快的事，事后看到干净的地板，更为开心。奇怪的是，退休后逼自己写点东西，家务就成为逃避写作的借口。总有什么家务活得做，地板干净还有桌子没抹，还有窗子要擦。写作，能拖就拖。我告诉一位作家朋友时，她说自己也一样，每天找家务做借口离开电脑。她住美国，割草、种花、种菜，有的是活干。也许有一个让人不畏惧家务的办法：去写作吧。

"我妈说我眼里没活。什么意思？"

(6.15) "碗里的鱼头，拨一下动一下"

不知道世界上有没有爱做家务的小孩。反正我和两个弟弟都必须在母亲的差使、甚至不断督促下才动手。偶尔心血来潮，自己想做一件"家务"，态度就不同了。弟弟景泰尤其，他有许多发明创造。他在一本杂志上看到调整角度的躺椅图样，便自己动手。做木架子，绷上麻布，这张躺椅母亲用了许多年。母亲卧床，睡在里间，客人来了，无法起来开门。弟弟用绳子拴在门锁扣上，绳子沿墙布到里屋母亲床头。转角处安上滑轮改变方向。这样，她可以躺在床上控制门的开关。家里的这个装置我早忘了。2010年有朋友看到我的书后说，他从澄江替我捎东西给母亲，觉得我们家的"机关门"太有趣了，我才想起来。

"你要我擦桌子，又没叫我擦椅子。"

6.16 "老鸦喜欢蛋打烂"

这叫乐极生悲。"不以物喜，不以己悲"的中庸之道规范小孩子的作用甚微。真有这样的少年儿童，就未老先衰了。但我从小便多少有一种"祸不单行，福不双降"的迷信。也许生在在社会动荡，变故不测的年代，见惯昨日座上客，明日阶下囚。

母亲曾教我一首歌，是歌剧《天鹅王子》的插曲。小公主看到王子哥哥们玩得忘乎所以，唱道："我的哥哥们，不要太高兴，莫要忘记了，后母心毒狠。"当后母控制着全家时，随时会有不测。

"提升你为部门主任。从今天起，下班后参加部门主管会。"

6.17 "笑人前，落人后"

表示讥笑别人的人，自己会成为笑柄，和五十步笑百步还不一样。一次，我在飞机上碰到多年不见的一位美国朋友，冲口而出道："你到哪里去呵？""我还能到别的地方去吗？"我愚蠢的问题惹得两人大笑。到机场后，他提错了行李。我们又一齐大笑，这回他是被笑的对象。

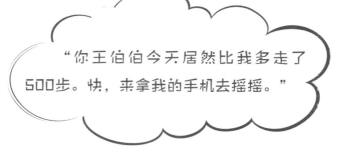

"你王伯伯今天居然比我多走了500步。快，来拿我的手机去摇摇。"

6.18 "张四贵的马，临阵逃脱"

"妈妈说"中记得最真切的都和母亲督促我们做家务有关。这又是一句讥讽我们找借口不完成家务的话。和今天的家长不同的是，不记得她督促我们做功课，考高分。她常常嘲笑我太注重作业、考试，一定要拿"五分"（即满分），"五分可以当饭吃吗？""看你那些狗脚迹一样的字，如果我是老师，早就将你的卷子扔到字纸篓里去了。他还给你五分？"她笑着讽刺我。

6.19 "捧红踏白"

　　意思是追捧得势的人，对失败者落井下石。"文革"后期，有位大学同班的男生对我道歉，说他不应该在批评会上出恶言攻击我。我不假思索地回答道："你曾经对我赞扬有加。不过，无论你称赞我，还是骂我，我都不当回事。"当时那样顶撞他很过瘾，现在回想起来，这样去损人，违背了妈妈说的"得饶人处且饶人"。听说他前些年已经去世，我没有机会对他说声"对不起"……

6.20 "胶多不黏，话多不甜"

言多必失。慎言好像是中国文化的特征。传统的中国家庭，不鼓励孩子每事问，尤其不能打断大人讲话。相比之下，我的父母十分宽松。我一定是经常打断父母说话，被称为"岔巴丫头"。"岔巴"是昆明话，插嘴的意思。大人这么叫我，并无责怪的味道。

父亲有个同事常来家中找他聊天，说起话来，滔滔不绝。妈妈给他取了个绰号：话多洛夫斯基。

"介绍两位嘉宾：话多洛夫斯基先生，话多洛娃女士。"

6.21 "欺怂怕恶"

即欺软怕硬。"怂"是懦弱的意思。1973年，大学还在停课，中学已经"复课闹革命"了。我在昆明第27中学教英语。"文革"还在进行中，同学不把上课学习当回事，何况那时学生中的楷模是交白卷的张铁生和抵抗"师道尊严"的小女孩黄帅。我的课堂堪比集市，我完全不知道如何让大家安静下来。同情我的女生课后对我说：老师，你要凶一点。一次，有学生看不下去了，去请他们的班主任来助阵。这位中年女老师来到，用黑板擦重重地对教桌一击，一声大喝，吓得我几乎跳起来，同学们反而都表现得十分镇定。

"暑假回来，他怎么突然长这么高。还是放他一马吧！"

行
为

个
性

6.22 "树怕剥皮，人怕伤心"

　　树皮传导养分，人心跳动生命。剥掉皮的树会枯死，伤心到极致的人，甚至会起念头结束生命，一了百了。孩提时代，就听到亲戚朋友中有人经受不了打击，跳楼、上吊。

6.23 "牙齿不和舌头商量"

　　快人快语通常是先天的习性，而时不时出语伤人者，可能比较自我，少顾及他人的感受。小学、初中的男生，尤其住校男生，以斗嘴为乐事，养成的习惯很难根除，有时甚至可能因言惹祸。也有人在非常时期养成相反的习性，过于慎言。

　　很多很多年前，我去桂林探望姨妈姨父，饭后闲聊，两位老人看我谈到国家与社会，连忙制止。我已经停止说话了，他们还是去将门关上。今日，国人是不会因为冲口而出说了什么话而引起牢狱之灾了。

"不知道如何答复你。我的牙齿说同意，舌头说不同意。"

6.24 "自家夸，狗屎花"

一位朋友在美国拿到博士学位后，到香港的一所大学应征教职。最终进入面试的候选人中，他排最后。头两名在圈内已经小有名气，资历、出版等都比他强。大学邀请了这两位候选人到香港面试，不满意。他们通过电话面试排名第三的这位朋友，结果他被聘用了。美国人去应征工作，自我推销不遗余力，如果谈吐无半点谦卑，香港人听起来很不以为然。不知道这是否反而令他们让人难以接受。

"还是别每天在朋友圈晒你家小宝的画吧。"

(6.25) "捧泡挨泡打"

昆明话"捧泡将"指拍马屁的人，香港话称为"擦鞋"，明白易懂。"挨泡打"的意思是吹捧人者落得个自讨没趣。一位五十多岁的大学教授，有点秃顶。一位大陆访客对他说："你们香港人看起来真年轻，您看上去才六十出头呢。"所幸他倒不在意。

"我刚刚讲的是我们家乡土话，你为何夸我的法语棒啊？"

6.26 "门槛侯"

"侯"在昆明话中表示一副了不起的样子。在家不甘示弱的孩子，跨出门槛成缩头乌龟，就叫作门槛侯。同样的说法是"拉不出厕门"。

独生子女中，在家称王称霸、出门手足无措者，并不少见。季羡林回忆自己上小学的时候，有一阵专门找弱小的同学欺负，拳打脚踢。他不明白为什么长大后反而变得内向、谦和。他的回忆录中谈到那时住在亲戚家，寄人篱下，也许他在家中受气，去学校发泄。

6.27 "家乡宝"

指离不开家乡的人。形容许多昆明人，十分贴切。有位做边境贸易研究的博士生，到繁荣的中缅边境去做调查，惊奇地发现所有的生意人都来自四川、浙江，甚至北方地区，反倒是云南本地人一个不见。这样的情况在云南各个旅游点都很普遍。王我听说近年考大学填志愿，本地学生一致的倾向是报考外地大学。他们可能厌倦做"家中宝"，故而也不当"家乡宝"了。我自己也是家乡宝，总觉得家乡好。每逢香港风和日丽的日子，就情不自禁地说：今天的天气真像昆明！

昨晚又梦见回老家了……

Panda

行
为

个
性

6.28 "护疖子，成脓根"

不可护短，防患于未然的意思。奶奶讲过一个故事。有个小偷被处死之前，要求对母亲说句悄悄话。然后凑近她的耳根，将她的耳朵咬下来说，我沦落到今天，都是你从小纵容的结果。这个恐怖的故事被我形象化，连小偷是光膀子的样子，都刻在记忆中。

惯纵儿女后，为子女护短本是人的天性。谁都需要世界上有个永不嫌弃自己的人。有位中国的外交家在香港记者招待会上说，只有我母亲认为我长得好看。这句话，替他赢取了好感。

"医生，这不像是出水痘吧？"

6.29 "能者多劳，跑断四条狗腿"

父亲自嘲道，"熊"字就是这么写出来的，所以他终日忙碌。他年轻时也算不上工作繁重，无数的爱好令他没时间偷闲；到后来作为单位总工程师兼领导，星期天对他而言就是能睡个懒觉的日子。他能力很强，一生也有机会应用和展示自己的能力。

能干是能干者的墓志铭

蠢蠢是蠢人的通行证

6.30 "嘴有一张　手有一双"

通常用来形容能干的女性，有点像"出得厅堂，进得厨房"。只是现在的女性不一定需要进厨房了。在香港，几乎每个成功的女性后面都有另一位女性：菲律宾女佣。

（招聘广告）"职位：英文秘书；要求：口语流利，输入速度每分钟100字以上。"

6.31 "说风就是雨"

父亲往往产生一个念头，就急不可待地付诸实施。电视机出现，录音机面世，他立即将家中积蓄换来这些新鲜玩意，谁也阻止不了他，相处多年，母亲也习惯了，就只能拿这句话说说而已。父亲去世的追悼会上，有位亲戚说，你爸爸最重视教育投资，你家最先有录音机，你们姐弟英语都这么好。这个我倒从来没想过，跟着录音机听英文磁带的年月没有想到感谢父亲。

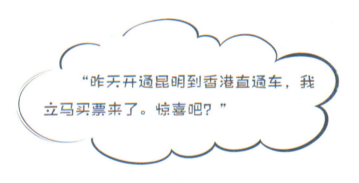

"昨天开通昆明到香港直通车，我立马买票来了。惊喜吧？"

6.32 "等不得粑粑起皮"

烤粑粑，烤到表面起皮，才表示要熟了。"等不得粑粑起皮"，未免过于心急。急性子都是天生的。我煮面条，通常会尝试十回八回，急于知道煮好没有。这时往往会想起母亲笑我的这句话。

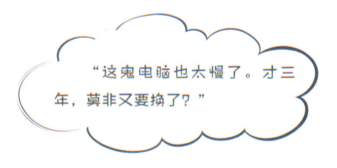

"这鬼电脑也太慢了。才三年，莫非又要换了？"

6.33 "温吞开水"

　　原意是不冷不热的开水，形容不温不火的个性，这是母亲替二舅取的绰号。他的性格正好与我父亲相反，无论发生什么事，你急他不急，这似乎也算是昆明人的集体性格。我到香港后立刻发现两地最大的不同是香港人走路急匆匆，昆明人慢悠悠。自行车时代，马路上可看见不少人并排骑车，一路聊天。到如今汽车年代，居然还看到过两辆车停下来，摇下车窗彼此问候。昆明的蚊子似乎也比香港蚊子飞得慢，比较容易被拍死。

"别嚷嚷。等我喝完这杯茶，洗个澡，就来看看你的电脑咋回事了。"

6.34 "三锤打不出两个冷屁"

从50年代开始，无论在校学生或者任何地方工作的人，包括城市和农村，都有一项必须参与的活动，政治学习。最为风平浪静的年份，每周也要有一两次政治学习。运动来了，频频听政治报告，开小组会讨论报告。我1962年进入大学，学雷锋，学批判苏联修正主义的报告占去许多时间。报告通常枯燥无聊，校长李广田本是著名的散文家，讲话一样照本宣科。小组政治学习，每个人都必须轮流发言，讲个三五分钟。我的二舅在政治学习会上，总是最后一个发言，此时差不多到散会时间，他支支吾吾好像在自言自语。众人不以为然，也拿他无可奈何。

形容人不善表达，少言语，就是"三锤打不出两个冷屁"。

"这都第三次见面了，还没打探出他月薪大概多少……"

6.35 "急惊风遇到慢郎中"

父亲不止性子急，而且好奇心重。上世纪30年代，西风东渐，父亲听到新鲜玩意一定忍不住去尝试，自信而大胆。摩托车刚来到昆明，他立即去买一辆，问问人家油门和刹车在哪里，就骑回家了。急性子的人都抱怨别人太慢，母亲常常笑他"急惊风遇到慢郎中"，我才知道郎中是医生的意思。待到我自己成家，也见识了许多人的家庭后，才知道生长在一个以幽默代替责怪的家庭中有多幸运。

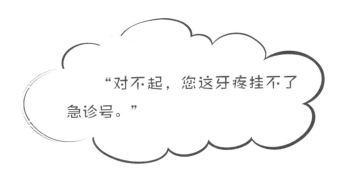

权力像是某种"热气"。见识过不少人，一旦被赋予权力，无论权力大小，整个人就变了。他们好像守护着得来不易的宝物，总怀疑有人会来抢夺。这样的警觉令人失去朋友和自信。

"不是告诉过你了吗？别再叫她春兰了，叫吴主任。"

6.37 "能将树上的雀说下来"
"嘴皮薄薄，能讲会说"

每想到一位能言善道的长辈，就记起母亲对她的如此形容。脑子里有一幅清晰的图画，看到她扬起头，劝树上的小鸟飞下来。又想起小学语文课本中的故事，狡猾的狐狸看到乌鸦站在树枝上，口中衔着一块肉，于是大声道："乌鸦，听说你的声音十分动听，可以为我一展歌喉吗？"经不起赞扬的乌鸦张开口，美食掉下来。狐狸正等待着这一刻呢。

"老公，中介说得有道理啊，我们还是考虑换房吧。"

80年代末到90年代初，出国潮席卷中国各大城市。只要能出国，无论毛里求斯还是巴基斯坦，均勇往直前。一人得出国门，就设法将亲友带出去。有位娶了中国西班牙混血女郎的昆明人，鼓动他的兄弟姐妹，连带他们的儿女、朋友，大约移民了一二十个家庭到西班牙。自然，移民海外的第一代，日子都不易。何况，背负着众人的期待与羡慕，"西出阳关无故人"的告别酒喝了一杯又一杯，如果打道回府，将会被视为混不下去的失败者。有一位去国的朋友，后来终于觉得他乡不如故乡，他有足够的自信，不畏人言，几年后回到昆明。此时，一些人才觉出海外谋生的不易。朋友间私下议论说："像他那么有本事，鬼都可以捉将去卖钱的，在国外还待不下去——'买买散'。"

"死在美国的中国人，到底是万圣节还是阴历七月半还阳呢？"

6.39 "见人说人话，见鬼说鬼话"

香港人称外国人鬼佬、鬼婆，我很难接受这样公然的"蔑称"，后来发现其实是一种戏称，没有歧视的成分。如果说人比较洋派，就说"鬼鬼的"可以接受。反而，工作时，需要在广东话、普通话和英语中切换，自然就想起这条很贴切的语录。香港人形容不同语言的人之间沟通的说法是"鸡同鸭讲"。看凤凰电视台的辩论节目"一虎一席谈"，感觉不同观念、不同文化的人之间的沟通，的确像是鸡和鸭的对话。

"我说他怎么听不懂呢。原来不小心拨到'蒙古语'那一档了。"（手持"万能翻译器"）

6.40 "衣裳角都撩得倒人"

早年，一位姑妈做了国家干部，和其他"出身不好"的亲戚划清界线，见面时带理不答，众人在背地里议论她，就用这句话。当时觉得她很绝情，后来想想，她也许有自己的苦衷。

"台上那位领导好像是我舅，自从他当上官就没见过了。"

6.41 "满招呼，全不管"

电视片里，充满了这样的角色，口头语是：
"这事，您就交给我去办吧。"言者多半嬉皮笑
脸，之后没有下文，双方也都习以为常。

"君子一诺千金"，或者"一言既出，驷马
难追"这些中国传统文化中看重的品质渐渐失去份
量，生活中轻飘飘的承诺不足为奇。

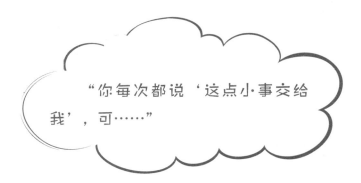

"你每次都说'这点小事交给
我'，可……"

6.42 "雷声大，雨点小"

这类事比比皆是。例如公司今年业绩不错，老板承诺加薪，员工满心期待，议论纷纷，各有盘算。最后公布加薪幅度为2%，这雨点也太小了，头发都弄不湿。

"那我们还是别去马尔代夫，去西山农家乐好了。"

6.43 "只听楼梯响，不见人下来"

我们小时候，和我们的父母辈住的房子，多是木结构的，楼梯也是木头做的，上下楼梯会发出响声。住在楼下，可听得见楼上的动静。父亲讲过一个故事。有位租客住在楼上，每晚深夜才回家，咚咚上楼将楼下房东吵醒。这还不算。他脱下鞋重重地扔在地板上，楼下震得落灰。房东忍无可忍，向他投诉。这天晚上他回到家，脱下一只鞋，咚一声扔下，突然想到不该，于是将另一只鞋轻经放下。第二天早上，房东怒不可遏地请他搬走："你知道我整晚没睡，等着你扔下另外一只鞋！"

6.44 "癞蛤蟆打哈欠，大口大气"

政客竞选时，都难免说些言过其实的话，开下空头支票。某国曾经有位总统候选人说，他可以在就任后24小时内，结束某场战争。虽然我真心希望如此，还是想起这句话。

"我今年考了倒数第二名；等着瞧，明年准备考正数第二！"

6.45 "泥爷爷的靴子，脱（托）不得"

　　回忆母亲说过的话，想到她的音容笑貌，连亏想到她此言指谁而言。她的一位妹妹，大大咧咧，托她办事往往没有下文，母亲就这么笑她一句，没有抱怨或指责。各人性格中都有与生俱来的弱点，明知故犯，不容易改掉，本人也不例外。而要能够洞悉人性，从而接受、宽容，就没那么容易了。

　　从"受人之托，忠人之事""吾日三省吾身"到"为人谋而不忠乎"，都是我们从小接受的教导。母亲的身教甚于言教。

"忘记替你买苹果了。吃条香蕉凑合吧。"

行 为 个 性

6.46 "编筐赖茅"

这句话想来曾有其他意思，到我们应用的时候表示找借口，或者说无伤大雅的谎话。"文革"后期，虽然各种斗争的高潮已经过去，社会秩序还没有恢复，上班上学都不正常，但城市人享有许多空闲。我们一班朋友，常常约在一起，学英文、念古诗、骑单车去郊游。其中一位老是迟到，每次都有一个正当理由。有一回，他又迟到了，气喘吁吁地说，半路上单车轮胎漏气，去补胎。他忘了这个借口曾经用过，惹得众人大笑。他小时候父母到台湾，将他留给舅妈照料。寄人篱下，管教者严，会养成说点假话的习惯，隐藏着离开父母的孩子的辛酸。

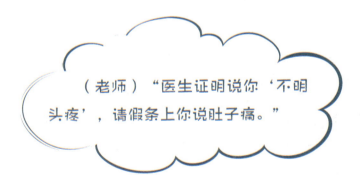

（老师）"医生证明说你'不明头疼'，请假条上你说肚子痛。"

6.47 "鼓着说，把着听"

昆明方言，意思接近不容分说，但更为形象地描述了讲话者滔滔不绝，只顾表达自己、无视他人反应的形象。

"他在电话里讲个不停，我无法插嘴。只好大声道：对不起，我要去洗手间。"

6.48 "打肿脸充胖子"
　　　"死要面子活受罪"

唐代以肥为美，仕女图中，一位位美女珠圆玉润。这样的审美观和当时丰衣足食即富贵的社会生活观念有关，现代人不会去"充胖子"了。不过，这样的说法虽然已经过时，还是提醒我们曾几何时……

要面子被看成是中国文化的特征之一。 林语堂在《吾国与吾民》中说，面子不仅仅关乎个人尊严，更是一种社会资本，关系到个人在社会中的地位和声誉。爱面子是人性，也总有人对面子过度重视，以至于不惜付出代价去保住面子。

"彩礼总算凑足了，亏得你大伯、三姨妈肯借给咱。"

6.49 "装猪吃象"

大智若愚，指的是有大智慧的人，不卖弄小聪明，很多时候看起来笨笨的，其实他们稳沉，不动声色，不苟言笑。故意装出一副笨相，以麻痹对方就叫作"装猪"，为掩盖所图：吃象。

"别说了，我听不懂方言。给我退货。"

　　犹豫再三，还是保留了这句很不雅的话。这是"江山易改，本性难移"的低俗版。我们小时候很流行的说法。我对自己书桌、办公桌的杂乱非常不满，每次下决心将之清理干净，稍微像样的局面维持不了几天。

　　我妈骂我是小懒狗，也不想想我是谁生出来的！

6.51 "脸皮有城墙厚"

　　直到40年代末，中国大大小小的城市都曾经被城墙围住，虽然它们保卫城市的功能早已失去。之后随着城市扩建，拆除城墙成为必然。现在的小孩不会像我们小时候那样被骂一句"脸皮有城墙厚"了。要知道城墙有多厚，还有万里长城可告诉你。

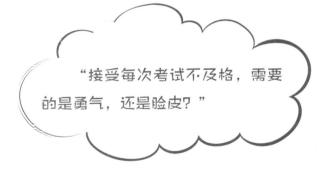

"接受每次考试不及格，需要的是勇气，还是脸皮？"

6.52 "脸皮厚，吃个够；脸皮薄，吃不着"

　　与上面的说法相呼应，小朋友有自己的逻辑，脸皮薄通常"吃亏"。粮食供应不再是个问题的今天，不容易理解这句话。在一本回忆录中看到，在半饥半饱的年代，一家五口人每人一碗之后，还剩下一碗。发育时期的儿子很快吃完自己的，端起剩下那碗，说，你们都不吃了吧，那我吃了。

(6.53) "丢三忘四"

　　这绝对是我的特征，累累给自己带来麻烦。90年代初，到内地做项目，提着重五公斤，价值五万港币的电脑，内有一个月的工作成果。一次离开福州，我居然将电脑忘在酒店大堂。到机场后气急败坏地打电话给还住在酒店的两个新西兰同事，幸而他们还替我找回来了。两人到香港机场的那天，我去接机，举着一块牌子，上面写着"Computer（电脑）"。这一特征还遗传给我的女儿，令我相信这是天生的。没辙。

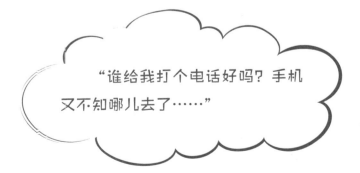

"谁给我打个电话好吗？手机又不知哪儿去了……"

(6.54) "脚底板抹了油"

　　抱怨人停不下来，东跑西跑。这一说法应当始于人们还赤脚走路的时候。一位来自台湾的教授说，他小时候住在台中乡下，翻山越岭去上学，一双鞋背着，到学校附近才穿上。我听了对他多一分敬重。后来另一位台湾教授告诉我，这是普遍现象，当时农村人都买不起鞋穿。

"老婆，你从香港回来这才没几天，怎么又要去海南了？"

6.55 "你走你的阳关道，
我过我的独木桥"

选择按自己的判断，而不追从众人，所谓"从理不从众"，不是一件容易的事。羊群心理本来就是人性，从众意味着安全和方便。做一件自己认为正确，而众人都认为有风险或麻烦的事，需要有独立思考的能力和行动的勇气。

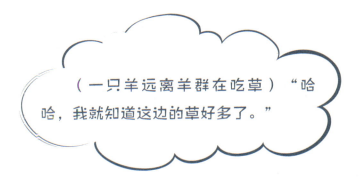

（一只羊远离羊群在吃草）"哈哈，我就知道这边的草好多了。"

6.56 "后悔无药医"
"世间没有后悔药"

母亲读《战争与和平》，看到托尔斯泰的总结，"疾病和后悔是人生的两大不幸"，叹道：我两大不幸兼备。知易行难，她明知后悔只能徒增烦恼，还是忍不住常常后悔，许多时都为小事情后悔。例如我淋雨感冒了，她就后悔没有坚持让我带伞。

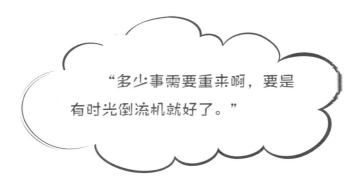

"多少事需要重来啊，要是有时光倒流机就好了。"

6.57 "听三不听四，
听着隔壁老倌讲故事"

从前的房子，多用木板间隔，真的隔墙有耳。50年代城市人口剧增，住房是大问题，将大间隔为小间很普遍。要说点悄悄话，恐怕得去公园僻静处。1978年我第一次去广州，住在姨妈家。那个热，那个吵，是我这个昆明土包子从来没有体验过的。大概为了抵御街上传来的声浪，他们从早到晚开着收音机。这天家里只有我自己，第一个动作就去将收音机关掉。奇怪的事发生了，没法关。弄了一阵我才悟出来，声音是从隔壁人家传过来的。此刻我想起一则新闻，说有位日本人受不了噪音自杀，开始明白他的心情。

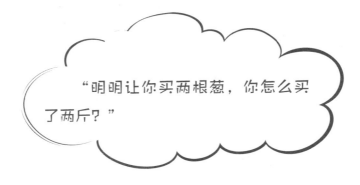

"明明让你买两根葱，你怎么买了两斤？"

6.58 "买的也得（同意），卖的也得，挑扁担的不得"

近似"路见不平"，更多的指"多管闲事"，这是我常犯的毛病。认识一位画家，老被人欺负。事后说起来，他笑道，我都忘了，你还记着。他是君子，我是俗人。

儿时的昆明，满街都是挑扁担的，书面语称为挑夫。四川人叫他们"担担"。肩上斜着一条泊光水滑的扁担，上面缠着牛皮条绳子，手臂、小腿结实的肌肉上冒出青筋，后来才知道那是静脉曲张。后来这些人就消失了，连绘画里也没有留下。

"你被人坑了还笑嘻嘻的！"

6.59 "一个愿打，一个愿挨"

和上面一条相呼应。任何不公不义的事，如果当事人不以为然，旁观者是否应当干涉或者加以评论呢？大概只能发出这么一句无可奈何的感叹罢了。

> "请你举起那小小的鞭子，轻轻、轻轻地打在我身上……"

6.60 "烧火嫌长，顶门嫌短"

中国的城市大约到五六十年代，农村更晚十多年，才结束了用柴火做饭的日子。夜晚用木棍顶住门的做法则消失得很早。但母亲这样说，我们立即明白指的是一个人高不成、低不就。

> "对不起，你的资历过高，不适合职位B；职位A呢，你目前看来还不能胜任。"

6.61 "心闲长头发，人闲长指甲"

小时候母亲用一把专门的小剪刀替我剪指甲。不记得什么时候指甲钳这玩意出现了，剪指甲就可以自己动手了。直到大学毕业去军垦农场，才发现做农活的指甲长得很慢。许多老农的指甲都秃秃的，大概刚长出来，就被磨平了。心闲是否令头发长得快则不得而知，这句话也许隐含了脑力劳动者与体力劳动者的区别。

"我觉得退休以后头发长得比较快。"

6.62 "一个和尚挑水喝，两个和尚抬水喝，三个和尚没水喝"

我有两个弟弟，对这个现象十分理解。妈妈使唤我们做家务不灵，往往因为三人都在。企业管理的原则之一便是让员工有满额的工作量，彼此职责分明。

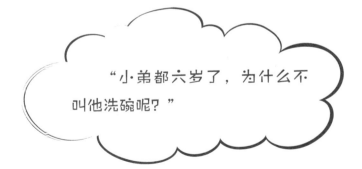

"小弟都六岁了，为什么不叫他洗碗呢？"

07

健康 样貌

7.1 "邋遢一顶帽，猥琐一双鞋"

　　一直到上大学时，我们都穿手工缝制的布鞋。洗鞋子是多大的工程呀。通常把鞋在水里泡一阵，上肥皂，用长柄的刷子用力刷呀刷，没有十几二一分钟的工夫完全看不出成效。要将鞋底的白布毛边刷出本来的颜色，对我而言是不可能的。同班几位来自县城的女生，就有这般本事。母亲老是觉得我的鞋子洗得不够勤，她觉得帽子和鞋子不可忽视，因为从中看得出人的个性。

　　到现在，对大都市的女孩，更显个性和身份的是手袋。日本女孩尤其疯狂，省吃俭用就为了买名牌手袋。衣裳的搭配没有手袋的搭配重要。我到日本旅行，特意带一个五彩条纹的手袋，总有一条的颜色可以和衣服配得起来。

健
康

样
貌

爸，您不知道，这可是今年的新款式。

7.2 "人要衣裳，马要鞍"
"七分衣装，三分人才"

　　网上说："统计资料显示，美国每人每年平均消费11件T恤，而中国每人每年平均消费仅0.5件T恤……即使按普遍消费水准，按中青年人群每人每年消费2件T恤，其他人群每人每年消费1件计，国内的T恤消费市场空间也是巨大的！"

　　如果计算种棉花需要的化肥、水，直到生产T恤过程中需要的能源，就明白要让世界末日晚些年再来的话，不是让中国人一年买五件十件衬衣，而是要美国人学会节制。

　　商家用利润中的大比例来鼓励消费，衣裳衬人美的广告铺天盖地来，潮流是无法阻挡的。

"妈，我的鞋不算多。人家玲玲不止20双呢。"

7.3 "衣不争分，鞋不争寸"

这不局限于穿衣着鞋之道，亦指行为的分寸感。把握对人处事的分寸，是一门艺术。优秀的作家，要恰如其分地形容人物、描述事情最考功力。有点类似在食物里放盐，少了没味道，多了破坏原味。一本小说用太多篇幅描写场景，故事反而成了陪衬。读起来就像吃一碗放了太多佐料的面条。

"这拉链还拉不上，看来每天走路得增加到8500步。"

7.4 "寸草遮风"

　　少衣缺食者，才能明白天寒地冻时，多一条裤腰带都好。1970年，我在军垦农场接受"再教育"。一次夜半三更被叫起来，去附近村庄宣传刚刚发布的最高指示。村民都被唤出来，站在露天，准备听我们朗读。我看到一位老奶奶穿得单薄，劝她回去加件衣服。"姐姐，我就只有这一件。"她回答道。

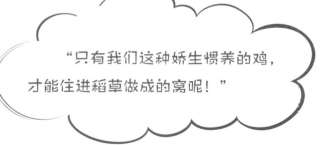

"只有我们这种娇生惯养的鸡，才能住进稻草做成的窝呢！"

(7.5) "前卖葱姜，后卖鸭蛋"

那时候小孩子鞋袜破了，脚趾或后跟暴露在外，很常见。脚趾从前面露出为"葱姜"，露出后跟叫"鸭蛋"，很形象。男孩几乎以此为荣，会跷起胭来给人看，将脏兮兮的"葱姜"左摇右摆。等到我会拿针线，第一桩活是帮着妈妈为全家补袜子。补好的袜子，穿几次就破，补袜子是永远做不完的工作。到70年代出现尼龙袜，解除了不知多少妇女的晚间劳作。

(7.6) "小来不补，大来一尺五"

衣服破了，要及时补。母亲手巧心细，将补丁做得像艺术品。 我的大脚趾长，常常鞋面还好好的，鞋头被脚趾顶穿个洞。母亲将补丁缝成一朵花。我得意地逢人便展示我的 "补新鞋"，成为家中笑谈。这个说法，也用来比喻小错不改，会酿成大过。

（毛衣的线被树挂住，拆了衣服的半截） "谁让你不将那个破洞连起来？"

7.7 "新三年，旧三年，
缝缝补补又三年"

农历新年，一人一身新衣，乃不知道延续了多少年的习俗。衣裳裤子，只要能穿，总在兄弟中、姐妹间从大到小传下去。穿别人的新衣服则犯忌了："穿人新，惹人嫌。"母亲对颜色配搭，有一套口诀，我只记得"红配绿，配得哭；红配蓝，不耐烦"。

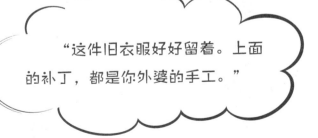

"这件旧衣服好好留着。上面的补丁，都是你外婆的手工。"

7.8 "坐有坐样，站有站相"

弟弟习惯低头，母亲笑他道：恕你无罪，展起面来。不记得她叫我们坐要坐得笔直，站要抬头平视，走路不疾不徐。母亲自己是这么样的，言教不如身教。大家熟悉的"葛优躺"，其实是许多父母做出的榜样。

妈妈说

孩子他爹，你别老这么斜歪歪地靠在沙发上好吗？

7.9 "弯腰树不倒"

　　母亲四十二岁时，初次发作心力衰竭，医生说她顶多还能活三年，但她熬过十八年，陪伴子女长大。换了我，绝对没有那样的毅力和耐力。然而那是受尽折磨的十八年。她曾感叹道，宁愿去劳改队"挑小畚箕"，也比困在病床上强。她的心脏病到后期会引发身体其他器官的问题。她在命运前弯下腰，却不屈不挠地、备受折磨地活下去，只为了儿女。

你大姑奶奶长寿，哪是因为体弱，是心宽。

(7.10) "不病，不病，病起来要你的命"

据说有点科学根据，不时小病，调动人的免疫力。母亲这么说，无非是要我们别逞强，要留意身体。

"总算感冒了，这回放心了。"

(7.11) "癞蛤蟆被牛踩着，没一处是好的"

别人问起母亲身体如何，她常常如此自嘲。除非疼痛难忍，她对待疾病就像对待人生磨难一样，既来之，则安之，以诙谐幽默的态度接受自身的困苦。

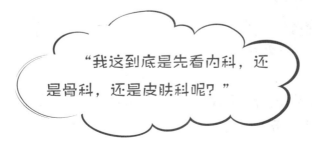

"我这到底是先看内科，还是骨科，还是皮肤科呢？"

7.12 "不病就是福"

不可能摆脱疾病，母亲将这句俗话修改为：不疼就是福。拥有健康，不被疾病折磨的人，都身在福中。我们忍不住为许多事情心烦，而这许多事往往是我们无能为力的，例如气候变暖，例如两个大国之间的贸易战……于是忘记睡前感恩：今日无病无痛，太幸福了。

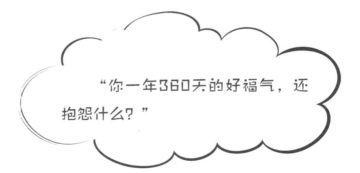

"你一年360天的好福气，还抱怨什么？"

7.13 "久病成良医"

对慢性病患者，尤其如此。母亲每天服降低心跳速度的药，毛地黄。什么情况下吃，吃一片还是半片合适，都由她自己摸出规律，自行控制分量。许多人，我自己在内，虽然并没有多少病痛的体验，却有做山寨版医生的冲动。听到朋友病，就从自己残缺的知识库中调出各种建议，"感冒？没关系，七天就好了，多喝水""腰椎疼？游泳，别坐太久"。

"我可以告诉你吃什么药，处方你自己去找个医生开吧。"

7.14 "老牛老马难过冬"

冬季来临，草地干枯，牧民需要减少养蓄的牲口。

老年人冬季肺部感染，可能成为最后一次疾病。60年代末的一个冬天，我第一次去上海探望姑妈、姑爹。房间中央支了个奄奄一息的炉子，我穿着棉衣依然很冷，他们两人拥被坐在床上。据说好多老人冬天就这么整天坐在床上。

7.15 "神仙只怕脑后风"

　　母亲关于健康的告诫从头到脚都有，例如不要坐在风从背面吹来的地方太久，冷天须注意脚的保暖，因为"寒从脚起"。食物卫生更不用说，"病从口入，祸从口出"。我们更愿意听小朋友自己常说的"不干不净，吃了不生病"；有东西掉在地上，捡起来随便擦擦，一样吃进肚，念道："落地不粘灰。"

7.16 "吃五谷哪有不生病"

　　这是一句安慰病人的话，得了病用不着太焦虑。既来之，则安之。母亲对自己的病痛尽量忽略，但总告诉我们，如果有不舒服，有病，要说出来，如前面提过"有病要狂（"狂"，昆明话中有"炫耀，展示"之意）、有财要藏"，而"病急乱投医"则是人之常情。

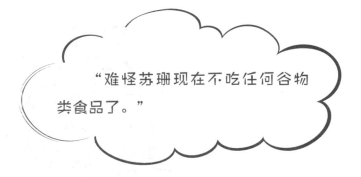

"难怪苏珊现在不吃任何谷物类食品了。"

7.17 "吃药不忌嘴，跑断太医腿"

想必要皇帝忌口不是件容易事，太医不好当。中医尤其相信只吃药不忌口，病好不了。我生病，都是伤风感冒之类；母亲会不停地抱怨都是我不肯多穿衣服引起的，她的担忧和抱怨比病还令我难受。一家人，通常因为彼此担忧而多了无谓的烦恼。现在我已经老了，天冷去游泳，还会想起母亲骂我那句"作死不挑日子"。

既然医生建议我别吃炸猪排，那我吃咖喱牛腩吧。

7.18 "牙齿疼，不是病，疼死无人信"

那年在军垦农场，收到母亲的信。她说，"爸爸牙疼，说受不了了，巴不得将头砍下来"。我和父亲一样，禁不起一点病，大惊小怪，全无耐心。

"爷爷比较幸运，牙掉光了。"

7.19 "有钱难买老来瘦"

这一说法也被否定了。据说老年人需要注意别让肌肉萎缩，要摄取足够的蛋白、脂肪。主要是老的定义和从前大不相同，直到上世纪40年代，中国人的人均寿命还不到40岁。丰衣足食，年过50者容易发胖。说的大概是这种人吧。

"那时候没健身房和健身教练吧？"

健康

样

貌

7.20 "好事不出门，坏事传千里"

　　新闻界流传一句笑话：狗咬人不是新闻，人咬狗才是。到社交媒体出现以后，世界上各个旮旯发生的事故、坏事、不幸……很快传遍寰宇；而要宣传一桩好事却不大容易。手机上看到各种信息时，可以想想：我为什么要去了解……

"听说斯里兰卡宣布破产了。斯里兰卡是个大公司吧？"

08

形容 比喻

"妈妈说"总是以简单的比喻，带来生动的联想。只是人们的想象来源于生活，大概直到90年代，城里人都住进钢筋水泥楼房里，老鼠无法在住家的墙里打洞，这讨厌的小东西才绝迹了。今天的小孩子，已经不容易理解"老鼠过街，人人喊打"。老鼠在他们的想象中，就是动画片里可爱的、叽喳叫的小东西。

8.1 "浪子回头金不换"

这是有教无类的延伸，也是对人改过自新的激励。上小学时有一种墨叫"金不换"，磨墨时，就想起班上最调皮的男生。浪子回头改邪归正可成大器，多半是电影和电视剧中才见得到。香港有几位传道人，是从吸毒者脱胎换骨而来。

8.2 "嘴说给心喜欢"

　　母亲的训导，我遵守的不多，这一条则牢记心间。我有各种旅行的美梦，包括和一班好朋友坐邮轮游地中海，虽没有具体的计划，想到总有一天会去，就满心欢喜了。几年后，其中一位朋友得了肝癌去世了，令我十分后悔没有及时成行，这个美梦也就永远无法成真了。

　　"文革"时，一位亲戚给我看她父亲从美国写来的信，其中一句话说："人总是同时生活在现实和理想中。"在周围充斥革命话语的时代，一句平常话令人印象非常深刻。

"我看将来这大孙子能进北大，二孙子进清华。"

8.3 "有钱天天过大年初一，没钱天天是三十晚"

小时候看电影《白毛女》，才知道年三十必须还清这一年所欠的债务，认为地主都是坏蛋，黄世仁逼得杨白劳大年三十躲到外面去，"躲债"。过了年三十，债务就一笔勾销了吗?

"今年闰腊月，还得再出门躲一回。"

形容

比喻

 "早死三年何愁睡"

　　初到香港，看到巴士上许多人在打瞌睡。三十年后，巴士和地铁上已经没几个人坐眠了，许多人眼盯着手机。

　　据说日本上班族平均每晚睡眠不超过六小时，带婴幼儿的母亲三个多小时。日本人大多乘火车上班，任何时辰，乘客中睡着的一定比睁开双眼的多得多。一次在日本乘火车，向一位年轻男生询问我要去的地方在哪一站下车，他耐心解释。车开动后，他和大多数人一样，闭目睡去。过了几个站，他突然睁开眼睛说：你们应当在下面一站下车。

"昨天早到了5分钟，今天闹钟拨到7：25。"

8.5 "瞌睡来了不由人"

是否需要按时睡觉，是母亲和我之间永恒的争执。晚间不肯睡，早上不想起。对儿时的家最温馨的回忆之一，是晚间父亲讲故事。听着、听着，我们的眼睛不听话地想合上，又不肯作罢，缠着他继续。父亲说，故事宝盒的钥匙找不到了，明天再说。瞌睡会传染，弟弟打哈欠，我就跟着打，母亲说我们被瞌睡虫叮了。晚间是一家人团聚的时光，我们舍不得上床去结束它，硬撑着不睡。母亲说，去掰节香棍来撑住眼皮好了。

8.6 "好骑的马，天天骑"

办公室"政治"中，有许多定律，这是其中一条。对老板，顺理成章；对员工，两种环境下策略两样。70年代我在内地工作，工作效率不是衡量业绩的标准。问题是工作时间很长，星期天常常要加班。大家变着花样请假，找医生开病假条是通用的办法。有各种发明创造，例如量体温前喝热水，传说有人揣着个热腾腾的马铃薯，将温度计插进去，等它升到必要的温度拿给护士看。到香港后，发现完全相反的现象。同事生小病的话，都撑持着，尽量不请病假。似乎人人都需要证明自己是一匹好骑的"马"，值得重用、提拔。

"老板说能者多劳，又派我去。不见他给我加薪。"

8.7 "请神容易送神难"

　　暗指"请客容易送客难"。没有电视的时代，串门子是大家消磨空闲的主要方式，昆明人吃完饭，骑上单车去串门，成为日常。我们家因为母亲卧床而好客，客人来来往往。有一种客人，来了就忘了走。你向挂钟的方向瞟一眼，或者不由自主打个哈欠，他都熟视无睹。这种人被称为"懒板凳"。时过境迁，前些年，一位几十年没见面的好朋友从伦敦到香港来看我，叙不完的旧，说不完的笑。第三天，他坚持要回英国，再三挽留都无效。他说英国有一句谚语：客人像一条鱼，过了三天就会发臭。

"谁让你花那么多钱从外国请这无用的顾问来？"

8.8 "烂泥巴糊不上墙"

显然违背孔夫子的"有教无类"。合理的方式当是因材施教。学校评定成绩的标准一成不变,用统一的方法来测试学生的"能"与"不能",没有顾及各人的禀赋不同。台湾著名的公益人严长寿一直关注当地少数民族的教育,他发现大多数的少数氏族小孩都颇有艺术方面的才华,但无法应对传统的教学内容。对统考而言他们是"烂泥巴",而教育制度忽略了,并非每个学生将来的职业和作用都是一样的。

"我虽然数、理、化不行,电子游戏算高手。高考应当报哪个专业呢?"

8.9 "懒牛懒马尿屎多""推尿推屎"

两句话都指小孩用上厕所做借口，推脱大人使唤。

幼儿园里通常有两种小孩，或者急迫起来，不敢举手，使劲憋着；或者坐不住了、想动一动，更提出这一人道理由，通常是男孩。电影《小安妮》中，秀兰·邓波儿亦使这一计脱身。她一脸天真地说，人都有三急呵。谁能不信呢？

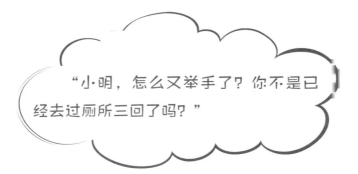

"小明，怎么又举手了？你不是已经去过厕所三回了吗？"

形
容
比
喻

8.10 "牛吃菠萝菜，各人心中爱"

　　各有所好，不应当将自己的喜好强加于人。一对上海夫妇从美国到我们中心来访问，回去后写信来说，最为怀念的是大学食堂范克廉楼的饭菜。一位来自陕西的同事则视大学食堂为畏途。他说常常站在当天餐牌前，将十多种当天菜式从头到尾看了两遍，越看越倒胃，回宿舍煮方便面去了。大学食堂提供的并非精致的粤菜，北方人受不了广东菜微甜的料汁。

　　我们几十年前来到香港，看到那么丰富的选择，心中美滋滋。现在的内地师生，是远离饥饿年代的年轻人，又是独生子女，从小被母亲可口的饭菜喂大，对食堂的看法当然与上一代不同。

"这么好吃的炸蚂蚱，你怎么尝都不敢尝呢？"

8.11 "光光头找癞刺棵钻"

意思是：没头发偏偏要钻进荆棘丛。我越来越觉得云南近现代历史非常之引人入胜，精彩得像情节错综复杂的小说。朋友劝我去做研究写文章，我用这句"妈妈说"作答，他听明白后哈哈大笑。这句话与"使憨狗咬石狮子"的区别在于自不量力与教唆他人，虽然结果都差不离。广东话表达起来十分简洁："紊笨"——笨人自讨苦吃。

"给我说说什么叫期货。我打算将这几年积攒的一万元投进去。"

形
容
比
喻

8.12 "住惯的山坡不嫌陡"

我上大学三年级时，被派到昆明郊外谷律公社蔡家大队新民上村去参加"四清"，才明白它的含义。每天到地里盘庄稼，都得爬陡坡，到最近的市场去一趟，翻山越岭两小时。替他们算算，一生人中，每个白天平均大约有四分之一的时间在上坡、下坡。这样的日子怎么过？不这样过又怎么办？40余年后，旧地重游，村里的人口有增无减。一对当乍相识的小青年做了祖父母，盖起新房，门外一株桃花。

"我家不远，翻过前面两座山就到了。"

8.13 "鸡嘴捏成鸭子嘴"

2010年春夏，最大的一桩学术八卦便是一位知名学者被指责抄袭引起辩论。双方在报刊和网络上，从雄辩滔滔的长文到插科打诨的戏文层出不断，令人目不暇接。破天荒地，九十多位海外学者联名写信为他辩解，为他的清白担保。殊不知又有细心读者继续查对，列出一条条抄袭证据，要推翻抄袭指证不可能了，令人想到这条俗语。

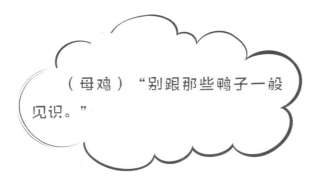

（母鸡）"别跟那些鸭子一般见识。"

8.14 "吃不完，兜着走"

闯了个不大不小的祸，而且不完全是无心之过，就会遭人如此评论。逃不脱的话，称为 "走得了和尚走不了庙"。

老师，别请家长好吗？
下课后我负责扫地。

8.15 "敬酒不喝，喝罚酒"

类似的说法还有"不见棺材不掉泪""不撞南墙不回头"。不过，敬酒不喝喝罚酒的含义更多一层，有不识好歹的意思。小到人与人之间的矛盾，大到国与国之间的争端，本来可以举杯言欢，一笑泯恩仇，却偏偏让矛盾升级，最后两败俱伤。

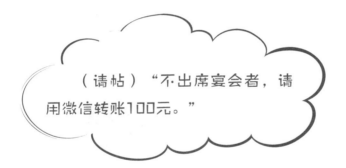

（请帖）"不出席宴会者，请用微信转账100元。"

8.16 "山中无老虎，猴子称霸王"

我们做学生时，比现在轻松不知到哪里去了，大学尤其。有位老师是北外毕业的高材生，他看我成天花那么多时间从事"课外活动"，约我去谈话，建议我要定个目标，考北外的研究生。我说我有自知之明，在班上领先，只因山中无老虎。他鼓励我说，我不比北外的学生差。那是1966年，很快大学也就停课了，我没有令他满意或者失望。当年坐在校园草地上谈话的情景，记得很清楚。谢谢你，冯老师。

"妈，百米赛我得了冠军。成绩20秒。"

8.17 "一回生，二回熟"

此话的原意指做事，熟能生巧，在昆明则常用来说明人际关系。只有到香港之后，才明白伴随我长大的那个昆明，曾经那么"乡里乡气"。从不相识到朋友，也许只需要几个小时。香港人则不同，认识了几十年，没有去过彼此家里是常事。据说这个商业社会特别重视隐私。

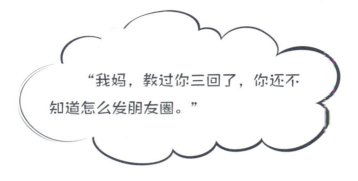

"我妈，教过你三回了，你还不知道怎么发朋友圈。"

8.18 "官急、吏急，不如尿急、屎急"

苏家比较文雅，熊家更江湖。相信这一条是父亲的语录，父亲的许多笑话都和不雅大实话有关，有一条极形象："吃多拉多，屁股受奔波。"母亲说他属"尿、屎、屁派"。

"老王，你忍忍好吗？检查团马上到了。"

形
容

比
喻

8.19 "人小鬼大"

形容有心思的小孩子。奶奶擅长讲"鬼故事"，她说过人死后变鬼，人越小，变成的鬼越大。

生平第一次看鬼片是和父亲一起，小孩不买票，靠在父亲腿边。大部分时间闭着眼睛，到电影结束的音乐响起，睁眼一看，银幕上僵尸双手平举，上面躺着死去的白衣美女，长发垂地。不知道过了多久，我只要单独一个人，就觉得这个僵尸跟在我后面。那是人生第一次恐怖的经验。我从小是个"小胆胆"，父亲留意到了，告诉奶奶不能给我讲鬼故事。

到我上中学时，黄昏时分在外面玩，突然有人会大叫"鬼来了"，大家吓得四散。我反而不怕。爸爸说过，鬼是大人编出来吓唬小孩子的。

别老欺负我，等我变鬼你就知道我的厉害了。

8.20 "鼻子大了压着嘴"

官大一级，说话的份量重一等，在办公室最适用。香港出产优质秘书，她们的一个特性是好像军人一样绝对服从命令。我们的老板是美国人，全无架子，大家对他直呼其名。他尤其喜欢植物，同事私下抱怨他宁花许多钱培植院子里的树木，也不为员工加工资。一天，他告诉秘书让园丁周末来修剪院子里的棕榈树丛，"Ask the gardener to trim the palm bush"，同时用手比划了一个动作。秘书不知道 trim（修剪）这个字的意思，看动作以为要将树丛砍掉。虽然心生奇怪，但习惯地不问为什么，也不去反驳明显不合理的指示。周一老板来到，看窗外美丽的棕榈树丛只剩下树桩，气得半死。他不失幽默地说，幸好我没有让她请人来 trim my hair（剪头发）。

"第一天上班，给你一句忠告吧。无论上司说什么，都回答：好的，明白了。"

8.21 "脚巴家"

今天是2020年2月10号，和绝大多数人一样，这种非常时期，个人对社会最大的贡献是待在家里。我很幸运住在海边，每天下楼去疾步走一小时。去程与回程各半小时，但为何总觉得回来要快得多？此时想起一条早已忘记的"妈妈说"：脚巴家。家是归属地、安心处，回家的步伐轻快，即便家中没有谁在等着我。

"还是3000步？看来这计步功能不大可靠。"

8.22 "水淌烂劈柴，淌去又淌来"

　　真不知道原来所指。它带来的记忆是，急忙出门，忘了什么，折回来；躺在床上的母亲就笑着这样说。像我一样丢三拉四的人，经常是块"烂劈柴"。回忆母亲对我的"教导"，想不起来任何的夸奖，也没有责骂，多数是善意的嘲讽。爱哭的女孩，叫"哭神经"；哭起来没完没了，叫"长舌根"。我也算半个"哭神经"，尤其喜欢将头埋在被子里，痛痛快快地哭，哭完了，就很轻松。许多时候，哭着哭着就睡着了。现在我看到外孙女哭，立刻去哄她。想起母亲当初会说："天都被你哭阴了，哭够了吧？"

8.23 "唱隔壁戏"

意思在"指桑骂槐"和"顾左右而言他"之间，其实是一种说话的技巧。例如看到一位朋友长出大肚腩，不动声色地将话题转到某人如何减肥成功，或者自嘲忍不住吃甜食。

"妈，不用讲偷嘴老鼠的故事了。冰箱里的樱桃是我吃掉的。"

8.24 "下江人，空蒸甑子假留人"

抗战期间，大批外省人逃亡到昆明，来自江浙一带的，本地人统称为"下江人"（就像直到90年代，香港人统称内地来人为"上海人"）。我们的院子里，就住着一家"下江人"。我有个表叔专做缺德事，教我们小孩念这有排外意味的口诀，笑话他们虚情假意。

许多年后，明白这是村落文化和都市文化的区别。像昆明这样的地方，就算到今天，还保留着留入吃饭的习惯。我2007年夏天退休后回到家乡，住在郊外，新结识的邻居夫妇说，你一个人，煮饭多麻烦，就到我家来吃饭吧。"好呵！"我立刻响应。我的北京朋友听到后，觉得不可思议。

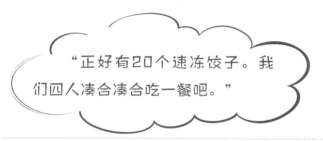

"正好有20个速冻饺子。我们四人凑合凑合吃一餐吧。"

8.25 "借你的白米，还你苦荞"

造一句：别那么一脸不高兴吧，好像有人借了你的白米，还你苦荞。时代背景是当时白米比苦荞贵得多。时过境迁，那时穷人吃的荞麦，现在比白米贵多了，这句话得倒过来说：难道有人借你的苦荞，还你白米？也不对，今天的小朋友不知道为什么借粮食。

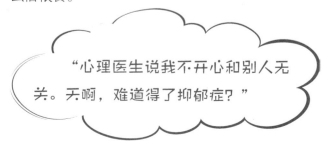

"心理医生说我不开心和别人无关。天啊，难道得了抑郁症？"

8.26 "喝不来盖碗茶"

早年的茶碗是有盖的。喝茶时，手捧茶碗，食指按住盖子，将碗盖倾斜，露出一条缝，另一只手捧住碗底，水慢慢溢出，以便小口小口地"品茶"，而非咕噜咕噜作"牛饮"。女士的话，小指头自然翘起，动作优雅，但被嘲笑为"装模作样"。

这句话用来嘲讽或自嘲不讲究，或者不习惯繁文缛节。

"刀刀叉叉摆一桌，这是打架吗？"

8.27 "姜家姑娘嫁给何家 ——姜何氏（将合适）"

"将合适"是云南话"刚合适"的意思。我们的祖母一代以及她们前辈的妇女，结婚前在娘家有个小名，结婚后才有正式的名字，即娘家的姓加上夫家的姓，末了一个"氏"。如果两姐妹都嫁给同姓的人，名字岂不是相同吗？除了她们身故后，墓碑上需要刻上名字，姓名对她们几乎没什么用处。她们的角色就是妻子、母亲……

"我奶奶娘家姓施。她妈告诉媒婆，凡姓姜的来提亲免问。"

8.28 "鸡毛子喊叫"

这样的方言土话注定会被遗忘。昆明人用这句话来形容高声尖叫，我们常这么说，但不明白它的出处。随着外地人口越来越多、普通话越来越普及，方言受到冲击，有些十分传神的俗语，现在也少人用了，例如："灰头土脸""丧头失脸""饭饱神虚""穷攥饿算"。记得几位识字不多的女性长辈，包括我的奶奶、外婆、伯娘，用词丰富，言语风趣。我曾经想将她们活泼的言语记录下来，可惜和自己许多计划一样，都没有付诸实现。这就是"一只手抓十条黄鳝"的后果。

成语地方版

许多生动的形容在成语中找不到对应的说法，但意思却是一目了然的，相信其中许多是大江南北共同的"妈妈说"，例如：

"阎王不在，小鬼当家"；"阎王好见，小鬼难待"；"瘦死的骆驼比马壮"；"小和尚念经，有口无心"；"嘴上无毛，办事不牢"；"老鼠拖秤砣，自塞门路"……

许多成语有相应的地方版"妈妈说"。

"一个吹箫，一个捏眼"，相当于"一唱一和"，带有更深的讽刺意味。这条"妈妈说"也讥讽不协调的合作，反正民间谚语可随人去应用。

"老鸦喜欢蛋打烂"表示"乐极生悲"。这是我们在学校里频频说的一句话，至今我都相信不可得意忘形，并非出于修养，而是怕"蛋打烂"。

"出门看天色，进门看脸色"，表示"察言观色"或者"善解人意"，这通常是先天的品性，后天学不会。有人随年龄增长渐渐培养出来了，也有人一世学不会，或者不屑于学，自恋者尤其。

"磕头碰着天"＝"心想事成"；

"瞌睡遇着枕头"＝"一拍即合"；

"远在天边，近在眼前"＝"踏破铁鞋无觅处"；

"小马拴在大树上，稳稳当当"="十拿九稳"；

"各人的肚子痛各人知"="冷暖自知"；

"说话带（棱）角，走路带摇"及"眼睛长在头顶上"="趾高气昂"；

"太上老君八卦炉里练出来的"="久经考验"；

"中看不中吃"="虚有其表"；

"不知道小锅是铁打的"="不知天高地厚"；

"三招招过不去羊屎桥"="事不过三"；

"厚心粑粑烧不熟"="欲速不达"；

"面子大了遮着眼"="目中无人"；

"光光头找癞刺棵钻"="自找麻烦"；

"拖衣落食"="穷愁潦倒"；

"鸡手鸭脚"="笨手笨脚"，英文说All fingers are thumbs（每根指头都是大拇指）；

"众人众事"="法不治众"；

"没主心骨"="人云亦云"……

伴随我长大的游戏

　　有成就者追忆儿时，多记起良师益友的教诲如何令自己立定终身志向。回忆儿时，我记得最清楚的就是玩。那些玩法，大多已不时兴。没有玩具，没有电视的年代，我们沉迷在游戏当中，兴奋不已，不依赖旁物，只须玩伴。我出生于上世纪40年代的昆明，七十多年后，仍然记得许多伴随我长大的歌谣和游戏。不知道它们始于何时，曾经在中国的哪些地方流行。它们已渐离今天的儿童世界，无论在昆明还是别处；而我们，则成了传承这些游戏的最后一代人。

　　仅在遗忘之前写下。

风呵，你要轻轻地吹

女儿出世后，我给她唱的摇篮曲都是从母亲那里听来的。我非神童，不可能从婴儿时就有了记忆。一定是三岁时听母亲哄景泰睡觉，听熟了；到七岁时听母亲哄景和睡时，才听会的。突然想到，独生子女一代，摇篮曲便难以传下。

"风呵，你要轻轻地吹；鸟呵，你要轻轻地唱。我家小宝宝，快要睡着了。宝宝的眼睛像妈妈，宝宝的鼻子像爸爸。宝宝的嘴巴呀，又像爸来，又像妈。睡觉吧，妈妈的好宝宝，明天带你去玩耍，玩耍到你外婆家。"

"弟弟疲倦了，眼睛小。眼睛小，要睡觉。妈妈坐在摇篮边，把摇篮摇。啊，我的好宝宝，今天睡得早，明天起得早，花园里面摘葡萄。"

母亲最早教我的游戏应当是"斗虫虫"："斗虫虫，斗虫虫，虫虫虫虫，嘟噜——飞。"我女儿一岁，后来外孙女一岁时，我教她们玩过。这时，孩子还没有学会说话，听着歌谣的节奏，大人握住她的小手，让她将两个食指碰到一起，再分开，再碰……它可以帮助小孩学习协调手指动作，新鲜有趣，常常弄得孩子咯咯笑。等到指挥自己的小手指已经不成为挑战，游戏的使命也就结束了。

我的曾祖父1937年写过一首小诗给他两岁的外孙："这个可儿，无人不要，无人不抱。他摸人怀中，将须胡闹；他爬在背上，狂喜狂叫；抱立床头，他天然舞蹈。逗虫虫，捏巴巴，惟妙惟肖。爱煞人也，是不闻他哭，只见他笑。"可见30年代游戏已经流行，而到底是"斗虫虫"，还是"逗虫虫"，已无考。

尚未能言语时，坐在母亲膝头上。她双腿上下动，念道："笃笃、笃笃、颠——颠，颠到外婆门——前，外婆出来打——狗，骑着花马就——走。"或者坐在她伸直的脚面上："摇、摇、

虫虫虫，虫虫飞。

摇，摇到外婆桥，外婆叫我好宝宝，又有糖，又有糕……"同样，这不可能是我当时记住的，一定是看她和弟弟玩，见其他父母和他们的孩子玩而学会的，于是数十年后，和我的女儿玩，再过几十年和外孙女玩。

今天层出不穷的儿童玩具，毛公仔、乐高……我们小时候都不存在，手指曾经是最早的"玩具"，教会我们玩，并和我们一道玩的除了母亲，可能是哪位姨妈、姑妈、表孃，或者邻居。那时有太多密切来往的亲戚、友邻。

"大拇指，煮饭吃；二拇指，煮肉吃；钟三孃，来添汤；罗四嫂，来凑火（添柴）；小拇指，来洗碗。"想象大人掰着我胖乎乎的手指，一个一个教我识别最常用的部分，让我学会关注它们。

指纹带有每个人独特的密码，如果连成圆圈，称为"螺"（小孩子听起来是"锣"），螺纹的意思。十指端头的螺纹有多少能连成圆圈，决定命运："一螺巧，二螺笨，三螺四螺惹人恨，五螺六螺挑大粪，七螺八螺……（忘了是什么命），九螺骑花马，十螺中状元。"我有八个螺，命没九螺、十螺那么好，还算可以。之后很久一再看自己手指上的螺纹有没有变化，而今走到人生最后一程，未来已不再是谜。

"猜中指"似乎是唯一留传至今的手指游戏，游戏的下半截看来也失传了。输了的一方，需要伸出手让对方打（当然是轻经拍打）。边打边念念有词："猜中指，打五十；五十不在家，打六十；六十不在家，打七十；七十不在家，打八十；八十在家啦。老妈妈，弹棉花，弹得三文钱，买个土大碗儿；白天当饭碗， 晚上当尿盆儿；猫抓抓（抓掌心），狗咬咬（掐掌心）……"

小铁匠之歌

　　弟弟出世，我成了姐姐，要学会自己玩。多
年后听一位叔叔说，我两岁时母亲将一盒火柴撒
在地上，我用自己尚不灵活的胖手指，一根一根
捡起来，放到火柴盒里。这个简单的"游戏"需
要花很长时间，我做得很专心，令他十分惊讶。
火柴曾经是生活的必须品，两分钱一盒，便宜而
不可或缺。简易的竹片小盒子里，密密麻麻挤着
约五十根火柴。

　　父亲当年坐在他祖母膝头上学会的拍手儿歌，
自自然然从他的大手掌传到女儿胖胖的小手掌上：
"张打铁，李打铁，打把剪子送姐姐。姐姐留我
歇，我不歇，我在张家楼上学打铁。打到正月正，
狮子闹龙灯；二月二，龙抬头；三月三，荠菜花儿
赛牡丹；四月四，一个铜钱四个字；五月五，五只
龙船漂花鼓；六月六，家家门前晒红绿；七月七，
七个果子甜如蜜；八月八，八丫西瓜赛月牙；九月
九，九朵菊花泡烧酒；十月十，十只老鼠偷屎吃；
打到冬月冬，拎烘笼；打到腊月腊，糯米煮嘎嘎

（肉）。"

两个小朋友对面坐，跟着口诀拍手，先各自拍手，然后伸出右手对拍，左手对拍，双手对拍：噼、噼、啪！噼、噼、啪！口诀朗朗上口，很容易就记住了，到处缠人和我玩。哥哥说我"学到个屁满街放"。他将"十月十"改词道："十个妹妹偷酱吃。"影射我曾偷吃柜子里的花生酱。

昆明塘子巷外婆家对面有个铁匠铺子，正好一师一徒，我常跑出门去看打铁。熊熊炉火中插着几根铁条，孔武有力的铁匠左手持大钳子夹起一端烧到红得透明的一根铁条，放在铁砧板上，右手抡起锤打下去。一锤又一锤，均匀地铛！铛！节奏中，敲打出所要的形状。火星四溅，场面壮观。待红色渐渐暗去，铁条回复不变形的强硬，便将之插入旁边一桶水中，嗞……一声，水汽从桶中冒出来。徒弟负责拉风箱，有时则手持一把锤，和师傅合作，你一锤，我一锤。

记得那么清楚，只因我曾久久地站在那里呆看，看每时每刻在变化之中的光、色、形，听有节奏的声音，看师徒优美的动作。此刻想到，我绝不会允许小外孙女跑到铁匠铺里看热闹，太不安全了！她也不可能感兴趣，比看打铁有趣的事多着呢。当初那个看热闹的小女孩，生出对小铁匠的怜恼，以至每次念"张打铁，李打铁"便牵动了那一丝联想。生活不是玩具。

作家王鼎钧说，这是应当收进小学课本的一首童谣。我曾经忘了冬月和腊月的口诀，后来在聂耳日记里看到。他在上海思念故乡，想起这首美丽而带有一丝忧伤的童谣，写了下来。

那些节令的习俗，如今大多已消失。一次在书上看到古铜币的照片，问外孙女，她竟然知道："不是一个铜钱四个字吗？"那是她四岁时和我玩拍手游戏记住的。"烘笼"曾经是老年人冬天取暖的手炉。竹编的小篮子当中放个瓦盆，里面有火炉里撤下的火炭和灰烬。

两个小孩儿对立拍手

哥哥和妹妹

另一个弟弟景和出世前，我们三姐弟的小名分别是：大哥、妹妹、弟弟。大哥大我七岁，还有两个哥哥一个姐姐在他和我之间，都没有活下来。我三四岁记事时，眼中的大哥俨然已是成人，他聪明我笨。受他照顾、听他嘲笑，理所当然。大哥教我玩"扯锯、拉锯"，他坐在草地上，双脚伸直，我坐在他的膝上，也伸直脚，两人拉着手，我慢慢向后仰下，如此你仰我起，一边念口诀："扯锯，拉锯，买老牛，犁田地，犁得三亩韭菜地，做个粑粑（云南话，即饼），放个屁，我吃粑粑你吃屁。"最后两句我说是大哥改编的，他说是原话，不信问爸爸。

"扯锯"最能逗三四岁的孩子开心，让他们觉得力大无比，可以把比自己大的人从地上拉起来。我们那时住在昆明节孝巷，三姑奶奶家。三岁的弟弟赢得一院大人宠爱，尤其小表孃，只和他玩，不肯扯我的"锯"，令我不快。嫉妒之心，从小有之，人人如此。父亲拍下一张我和大哥玩"扯锯"

的照片，曾一直压在爸爸书桌的玻璃板下面。现在照片找不到了，场景却清晰地存在我记忆中。当时用镜头对着我们的父亲，何等幸福。

令小孩觉得自己力气大的两人游戏还有"轻石板，重石板"。两人背靠背，手挽手，轮流弯下腰，将另一人托起。一边念道：轻石板，重石板。奇妙之处在于，你可以用背脊将比你重许多的小伙伴轻松托举。记得那时我刚上小学，五岁，在院子里和小朋友玩。他们都比我大些，能够将之托起来的感觉太棒了。

轻石板，重石板

大哥常提议和我打赌，真的用钱赌输赢。星期天从外婆家回来，我口袋里装着那时刚参加工作的五姨妈给的一角、两角钱（相当于20个一分钱！）时，便是打赌的好时候。我明知自己会输，仍然受不了诱惑，末了不情愿地掏出钱来递给他。之后几天内，他又和我打赌，例如猜每天上下的楼梯有多少级。后来我发现他故意输给我，赌博的兴致反而没那么高了。

寒暑假，我们便去西郊祖父家住些日子。祖父家在车家壁山脚下，屋后的山坡展开无穷天地，是我们的极乐园。几个亲戚的家庭抗战期间"逃难"来昆明，1945年后都还没走，在车家壁凑到一起，一大堆小孩打破了"默园"的寂静。大哥是我们的领袖，有无上权威。战火才熄，战争游戏在孩子当中继续。我们常常列队在山野中"行军"，举着自制的"军旗"。加入这支队伍得通过考验，钻过堤坝下面的涵洞。我那时大约5岁吧，心惊胆战地跪着，顺水流爬过黑乎乎的涵洞。

队伍中我最小，排在最后。一次我突然觉得自己病了，报告长官大哥。他用耳朵贴在我的胸口上听了一会儿，严肃地说："心跳了，真的病了。"

让我站到队伍当中，可以受前前后后的保护。待我长大些，觉得大哥的判断有问题。要是心不跳，那不是死了吗？

后山上有一块块巨石，其中一块是我们的飞机石。上面的几个凹坑便是飞机座位。每人举着一个纸风车，山风吹来，风车转得呼呼响，那是螺旋桨。大哥在前面把握着想象中的方向盘，飞机一会儿向左，一会儿向右。随着他的指挥，我感到自己在空中飞翔。

入小学前，没人要求我认字，学算术，背书诗……除了玩，还是玩。家中有一套大哥小时候的识字图片《一百片》，一面字，一面图画。忘了是大哥还是谁教我读，印象中，那也是玩，故很喜欢。卡片画有各行各业，例如"热油条，热油条，三个铜子买一条"，还有弹棉花，打铁……有尊老爱幼。第100片上画着一窝小鸟瑟瑟在风雨中："天天雨，雨太多，窝里湿，不能住。求求太阳快出来，出来晒晒窝，晒晒窝。"（这是多生动的环保教育呵）第一片上画有小女孩在追男孩，背面的字写道："哥哥跑，妹妹追；追不着，就退回。"那不就是大哥和我吗？

车家壁乡间的玩意多极了，拾菌子，用树枝搭建帐篷，刨甜甜的地石榴，摘野草莓，到附近农地里偷红薯……我又小又笨，常常被排斥在外。干爹一家到访，我终于有了显摆一下的机会，带着比我大一岁的小果、小一岁的小三，去对面山看碧鸡关隧道入口。荒野中追逐玩耍的时间过得太快，太阳快落山，我们仍在归家半道上。此时，想起大人的多次警告——山上有狼，心慌起来。曾听说看到狼，弯下腰，装作捡石头，可把狼吓跑。而放眼尽是山茅草，狼看得见我们，我们看不到狼呐。我想出一个自以为聪明的办法，三人弯着腰走，让狼以为我们在捡石头。不知是否因此，狼不敢近身；只知回到家都快累死了。

小姑娘，做家家

在昆明，幼儿园到50年代才开始渐渐普及。之前城里的小孩，六七岁上小学前，家境还算好的，放任自流；穷人家的孩子，得帮忙带弟妹，做家务。无论贫富，一个大院、一条巷，乃至一条街的孩子玩在一起，有人背着弟妹参与。而男女的喜好，则各有不同：男娃娃，玩泥巴；小姑娘，做家家。

民以食为天，做家家就是做饭。香港人叫这种儿童游戏为"煮饭仔"，昆明人叫"摆咕嘟馒馒"，"馒馒"（一声）是小孩子对饭的叫法。将我们玩耍的幕天席地比作幼儿园的话，"摆咕嘟馒馒"是最主要的科目。用今天的眼光看，它能令儿童发挥想象力和创造力，从锅碗瓢勺到食材，都要从周围去索取。大片的树叶当碗，折断细枝为筷。与今日的素食餐厅里用蔬菜、豆类做成的鱼呀、肉呀同理，我们用的是各种野花、野草。凤尾花深红色的籽剥开后，一粒粒白色的小圆球，不是鸡蛋是十么。有的野花谢了，会结出小小的"豆荚"。

这是适合通力合作的游戏，不记得有缺少玩伴的时候。大小孩主厨，指挥小小孩跑腿。《家在云之南》中，我讲到过给我带来沉重回忆的故事，被唤去买肉而丢失了毛衣。在不知不觉中，自己从小跑腿成为决策者，叫比我小的孩子去摘这个摘那个。人就是这么长大的。

臭美的自觉是婴幼儿长成小姑娘的标志。每年到过年才有一套新衣服的年代，我们自有办法装扮自己。柔软的柳条最适于编头冠，往上面插上茉莉花，要小心别让花刺扎了手指。喇叭花串起来挂在颈上很好看，但需要太多的花，而且凋谢得太快。有一种叫"巴巴叶"的草，摘下带把儿的圆形叶片，在把上抠个洞，一片片串成长长的挂链，顶在头上，从背上垂下。如果丁香正开，摘下两朵，小心地分离底部的小圆球和花朵，让花蕊连住两者，一副耳环便制作完毕。形状好似一大一小连在一起的锚形图案的"沾沾叶"，摘下贴在胸前，堪比设计优雅的胸针。

小时候没见过指甲油，却知道怎么将指甲染

红。捣碎几朵金凤花，盖在指甲上，用花叶缠住，耐心等待一阵，便有了红指甲。"金凤花，包指甲。孃孃包，我也包；孃孃嫁，我不嫁，我替孃孃提花帕。"创作这首童谣的年代，婚姻由父母包办，往往结婚那天，双方才初次见面。童谣带出一丝凄惶。

金凤花生命力旺盛，哪里有一小片泥土，它就冒出来，无需浇水施肥，开出或深或浅的小红花，然后结子，称金凤子。金凤花在昆明到处都是，破败的旧房子天井当中，也常常栽有一盆。1950年代，流行一首歌："金凤子那个开红花，一开开到穷人家。穷人家，要翻身，世道才像话。"

女孩子玩的并不限于这些斯文的游戏，我们和男孩一样坐不住，奔跑跳跃的游戏更为引人入胜。看我小时候的照片，八九岁前憨憨傻傻，之后文文静静。人不可貌相。记忆中，我小时候两只膝盖几乎没有完好的时候。跌破的旧伤未结痂，又再碰破它，以致流血流脓。

有些我们的日常节目今天看来太不安全了，例如爬树。是否因为人类由猴子进化而来，小孩子六多喜欢爬树。坐在树桠上感觉很爽，往高处爬是挑战，跌下来亦难免。哭着跑回家，母亲给擦破的地方涂点红药水，然后牵着我走到树下，替我把吓跑了的魂魄给叫回来："妹妹回来啦！妹妹的三魂七魄回来啦！" 念好多遍，好像还撒点米，记不清楚了。

三十多年后，我在香港工作。院子里有棵大树菠萝，果子熟了，同事准备搭梯子去摘。分枝分杈的树还用楼梯？我三下两下爬上去，摘下一个个硕大的果实抛下。正得意，只听得一声"Stop"，主任John Dolfin推开窗冲着我大叫。我以为他不准我们摘果子，原来他觉得我爬树太危险。"我从小爬树，三不在话下。""你从小穿着高跟鞋爬树吗？"这时才意识到我急急忙忙表现爬树的本领，没脱鞋，还穿着长裙子……

韵律童年

　　从小听惯的歌谣、顺口溜、调皮话，就像从小学会的昆明话一样，不去想它，不去说它，它却藏在记忆里。有一些非常文雅，念起来，脑中浮现一幅幅美丽的图画，更多的完全不知道什么意思，因为押韵、上口就传开了。

　　"蜜蜂蜜蜂嗡嗡嗡，飞到姐姐粉房中；大姐粉白，二姐紫色；三姐三打扮，四姐人来看；五姐五牡丹，六姐嫁老憨；七姐骑麒麟，八姐爱死人；九姐狐狸精，十姐拜观音。"

　　"小板凳，脚歪歪，门前有盆菊花开，大姐有钱扯朵戴，二姐无钱等妈来。妈上街，打金钗，爹上街，打银钗；陪嫁姑娘做人家，土地台，嫁个姑爷不成材，好喝酒，好打牌，半夜三更不回来。"

　　"月亮公公，打发鸡枞；鸡枞满满，架笔管管；笔管臭臭，架绿豆豆；绿豆香香，架新姜姜；

姜辣辣，架宝塔；宝塔高，顶着老妈妈的腰；宝塔矮，顶着老妈妈的脸。"

有的记不全了。例如"猜花"，大概有十几种花，我只记得两种，我奶奶教的："瞎子掉在秧田里，你说是朵哪样花？瞎子掉在秧田里，我说是朵摸泥（茉莉）花。两个医生对面坐，你说是朵哪样花？两个医生对面坐，我说是朵说药（芍药）花。娘娘跟着皇帝走，你说是朵哪样花？娘娘跟着皇帝走，我说是朵凤尾花。"

奶奶小时候在私塾里念过三字经、女儿经，但不识字。她论人论事，常常夸大其词。"奶奶形容词"，成了我家的典故之一。我母亲的闺蜜，伯娘也不识字，语言却非常生动，将平平常常的事讲得绘声绘色。说谁哭得厉害——"哭下十行泪来"。白话运动以来，大量新名词涌现，不识字的一辈只能听音辨意。"饮食"＝"引食"，"婚姻"昆明话听起来是"昏晕"，以至于奶奶这些不识字的长辈对之有特别的见解。

大部分童谣是小朋友之间相互传诵学会的，往往因为搞笑和幽默而容易被记住：

"月亮光光，贼来偷酱缸。瞎子看见，聋子听见，跛子去追，一把抓住头发，原来是个和尚。"

"大雪纷纷涌，天下一笼统；草房脊上平，瓦房脊上拱；黄狗一身白，白狗身上肿。"

"叮叮糖，叮叮糖，吃了不想娘，想起娘来哭一场。"

"大雨大大下，小雨我不怕；娃娃要饭吃，爸爸妈妈在打架。"

那是个普遍贫困的社会，贫贱夫妻百事哀。50年代初，我们住在昆明自来水厂职工宿舍里，时常听到夫妻吵架。

押韵的语言贯串在日常之中。摘下合在一起的两片嫩叶，用手挤开，念道："老鸦、老鸦张开嘴，哥哥喂你糖开水。"

细雨洒落在阳光里，是高原特有的景观：

"又出太阳又下雨，栽黄秧，吃白米。"或者"又出太阳又下雨，青蛙出来讲道理。"

"云走东，有雨变成风，云走南，有雨下不长，云走西，有雨披蓑衣，云走北，一夜下到黑。"

不仅说说而已，帮助我们从小判断是否需要带上雨伞。

有人将东西掉到地上，也可变为游戏。大家一直寻找，同时笑道："公鸡叫，母鸡叫，哪个捡着哪个要。""捡着当买着，金子、银子换不着。"

许多是无厘头的调皮话：

"肚子疼，找老陈；老陈不在家，关起门来生娃娃。"

"六眼睛，偷钱买点心，你不给我吃，我告你老母亲！"

"六头大头，下雨不愁，别人有伞，我有大头。"

嘲笑打阳伞的女孩："打把东洋伞，嫁给李排长。"

嘲笑帽子戴歪了的男孩："帽子歪歪戴，媳妇来得快。"

起哄同学有了心仪的异性："莲花白（卷心菜），白又白，某某的对象我晓得。"

"头上有根草，今天编珠明天讨（媳妇）。"

告老师会受到讥讽："告嘴婆，洗裹脚（布），洗到太阳落！"

节奏和韵律是诗歌的底蕴，也是文字的魅力所在。直到后来自己开始写作，才明白自小接触具有韵律感的语言，令我受到熏陶和潜移默化的影响。

"金钩钩，银钩钩；你的东西分我吃，我的东西分你吃；从小挨（一齐玩）到老，不挨就是短命佬。"两人勾小拇指，同时发出这并不庄严的誓言。如果灵验的话，我就活不到今天了。

这段不知使用过多少回的友谊宣言提醒我，当时对友情最大的考验是分享零食。糖果饼干大致与我们绝缘。校门口坐在小板凳上的小贩卖的东西单纯：腌萝卜，一分钱一片；炒蚕豆、瓜子，两个小盅盅作为量杯，两分钱的"大份"，约二十粒炒蚕豆。还有爆米花，包在绵纸卷中，一分钱一条。如果一粒粒地吃，可吃上一阵；一把喂进嘴里，太奢侈，又太吸引人。

某学期，我和龚景多同坐，得以吃到稀罕的太妃糖。她父亲龚自知是副省长，也不会给子女买糖。她家四姐妹，一个弟弟。她和弟弟同睡一屋，不止一次，姐弟夜间入睡后，母亲悄悄进来，将从宴会上带回的几粒糖塞进宝贝儿子的裤袋。黑暗中出差错，使龚景多得以与我分享美食及故事。两人一边嚼糖一边笑个够。

学前游戏

在现在的小童上幼儿园、并参加各种兴趣班学一八般武艺的年龄，我们只知道整天玩。和小朋友玩。玩水、玩沙、玩泥巴。花花草草、树叶都是用之不竭的材料，可以煮"咕嘟馒馒"，变出一桌子"菜"来。

这些令我们着迷的游戏、熟悉的歌谣，兴起时定有来头。例如和城门有关的游戏，恐怕在我出生前不知多少年、多少代就在孩子中流传。那时城墙如虎踞龙盘，即便失去保护城池的作用，仍然是城市的重要组成，儿童游戏中有它的位置。

城门需要每日开关的时代出现的是"城门、城门有多高"。

小朋友们分为两队，其中一队分两列对面而立，伸长手臂，手掌对撑，搭起"城门"，要求当兵的一队对上口令，才允许进城。一问一答的对话千篇一律：

"城门、城门有多高？八十二丈高。小兵小马可容过？有钱尽管过，无钱耍大刀。什么刀？春秋刀。什么春？草春。什么草？铁线草。什么铁？锅铁。什么锅？吃饭两口锅。什么吃？北门望着莲花池。什么莲？衣衫裤子一把连。什么衣？穿衣。什么穿？四川。什么四？归化寺。什么归？缩头大乌龟。"

所有口令都对上后，扮兵的一队就浩浩荡荡穿过城门，一边高声念："打鼓、打鼓进城门，打鼓、打鼓进城门。"答的一方念台词时，得拖长声调，"四——川""锅——铁"。难以想象，现在的孩子会对这类游戏感兴趣。

不少需要念口诀的游戏，相信也流传久远。例如"糯米团团"：小朋友手拉手围成圆圈，朝同一方向横行，一边念口诀："糯米糯米团团，火烧龙船，有人买米，掉下海底！蹲的蹲，站的站。"念到最后一个"站"字，每个人都需快速选择是否蹲下。人多的一方为赢家。

"香炉三只脚"有点难度，需要三人以上。各自将右脚向后抬起，脚背向下勾住旁边人同时抬起的右脚弯，于是所有人的右脚结成一条链，左脚立地。一面拍手，一面单脚向一个方向跳。口诀为："香炉，香炉三只脚，一只起来一只落。"立定，弯腰，念："掏咸菜，撕一撕。"作吃咸菜状。如此重复。

撕盐菜

躲猫猫

捉迷藏是世界通行的游戏。"躲猫猫，拿耗
耗，耗耗紧紧躲，老猫快来了。一张纸，二张纸，
放出老猫捉耗子！"另一种说法："冷茶、热茶，
吃了快快查；冷酒、热酒，吃了快快揪。"（昆明
话没有"喝"一说，故言吃茶，吃酒）老猫出来，
自己念道："老猫出来走一走，轻脚轻手。"昆明
人称那讨厌的小动物叫老鼠，四川人才称之为耗
子，口诀想必是从四川传过来的。

上小学前我家住在圆通街忠烈祠后黄家大宅
里，花园里有石山、秋千，有网球场。十多个小孩
在黄家大女儿梅先姐姐的领导下，成天在花园里
疯。外面孩子一呼叫，我立即响应。母亲说："你
的魂被勾走了。"躲猫猫几乎是晚饭后必玩的游
戏。一回，玩到收兵回营时，不见了小四。那时我
们都相信有拐带小孩的拐子佬。我心里毛毛的，担
心小四被人拐走了。众人分头去寻找她，原来小四
等不来"老猫"，躺在草丛中睡着了。

小学时代的游戏

50年代昆明的冬天比现在冷多了。手指、脚趾上的冻疮是小学时代最痛苦的记忆。学校由庙宇改建，教室的一方只有半截墙，上半部分敞开。我们的教室在楼上，可以看到楼下的屋顶，上课时分忍不住观看窗外风光。四面八方教室的朗读声，声声入耳。冬日早晨，瓦上霜渐次融化，顺瓦沟流下，一路被阳光吸走。

昆明冬天通常下一场雪，那是城市的节日。大雪纷飞落地，堆积到可堆雪人、打雪仗，是多年一次的喜庆日子，很难盼到。记得一天上课时，看到外面细细的雪花撒下，众人激动不已，一下课便涌到游廊上，又跳又叫。"别大声吵啊，呼出的热气会把雪融掉的！"可惜谁也不听我的劝告。瓦上薄薄的一层雪很快融掉，之后很久我都相信是我们大叫所致。

挤油渣

　　早晨第一二堂课最难熬，脚趾冻得生疼。双脚
跺地会发出声音，只能两只脚对碰。下课，老师前
脚才跨出教室，众人便冲到墙角扎人堆，一边使劲
往里挤，一边念"挤油渣，炸麻花，挤出油来炸麻
花"，一遍又一遍，很快挤出一身汗。有效而简单
的御寒游戏，从小学一年级玩到六年级。

　　六年级时，班上几个"大女生"表现神秘，她
们不会参加"挤油渣"。上体育课时，"立正！向
前看！稍息！"口令过去，体育老师会让她们中的
某一个或几个站出来去一边休息，不参加接下去的
跑步。其中的奥妙，我到初中二年级时才弄明白。

对脚

　　能很快令人暖和起来的室外游戏就太多了。跳绳、踢毽子，或者就在在石阶上单脚跳上跳下。不少集体游戏现已消失，例如"对脚"。可以两人对，人多便分为内外两圈。按节拍跳，按口令踢出一只脚，和对方的脚相碰，"一，二，三，四，五六七"，原地转一个圈，和对方交换位置，换方向，出另外一只脚。节奏越来越快，最后总是在大笑声中乱了阵脚。跳上十分钟，就满身大汗了。

　　昆明冬天寒流来袭时，气温可以到降到三四度甚至更低，故而香港的冬天对我不算冷，家里也没有热风机之类取暖的电器。一年冬天，北京来的一位小客人在我家冷得坐不住了，我教他和女儿跳彝族舞蹈"阿细跳月"，左边跨四个快步，右边跨四个快步，拍掌。他们很快觉得暖和了，但估计今后并不会用这一方式取暖。少数民族都有集体舞蹈的风俗，是否和取暖有关呢？

打死救活

　　最令我们心跳、气喘、满面通红、情绪高涨的游戏是"打死救活"。需要狂奔以逃过追兵，还要出敌方不意，冲过去搭救战友。做俘虏时，伺机逃脱；做看守则要十分警觉，身手敏捷。规则再简单不过了，围成圆圈，齐声高叫"黑白手"，同时伸出手掌，向上为"白手"，向下便是"黑手"，以此分为"追兵""逃兵"两组。人数少的一组为追兵。"一、二、三"号令一下，逃兵四散，追兵的策略是先追跑得慢的，一碰到即成为"囚犯"，需自觉地去扶住"囚柱"。它通常是一棵树，也可以是棵柱子。"囚犯"另手伸长，与新抓到的"囚犯"手拉手，等待援救。一名追兵负责看管好这些俘虏。逃兵中任何人手触到其中一名，大喊"救活"，所有犯人便又回到逃兵队伍之中。待所有人被逮住，这一回合结束，再用"黑白手"决定下一轮的角色。

　　游戏给人奔逃、追逐的快感，搭救"囚犯"的刺激，需要用眼神传话，用计谋、甚至自我牺牲去救人。初初参与"打死救活"，我是一群孩子中最年幼的，很快被抓到，扶住"囚柱"，伸直双手，眼巴巴等人来救。岁月在奔跑中过去，几年后我成了善于追逃、旁人愿和我结队的中坚。

我们乐此不疲，在学校玩不够，在家和院子里的小伙伴又玩开了。后来网络上流行一句话"你妈喊你回家吃饭"，让我想起当初很不情愿地散伙的情景。分手前，众人喊一句：各回各家，扁担开花。待到上了中学，篮球、排球便取代了这些欢乐的你追我跑、大呼小叫的玩意。

作为"打死救活"的"囚柱"，双塔小学操场上的旗杆、小绿水河19号外面空地上的洋草果树，常存在记忆中。

脚不落地

"打死救活"跑到气喘吁吁，又舍不得分手时，可以转为不太激烈的"脚不落地"。顾名思义，就是脚不能站在地上。周围需要有让脚可以离开地面的环境，例如一块石头可以坐上去双脚跷起，或者抱住一棵树。需要逗追捕者，站到地上叫："来抓我呀！"此时须看准可以令脚不落地的目标，在追捕者逼近前奔迄去；如双脚落地时被逮到就充当追捕者。游戏开始时，谁做"输家"需用全国通行的方法决定。许多地方称：石头、剪刀、布。我们说：包、剪、锤。口诀为：揍！揍！包！

五马跑四角

　　和中外共同的游戏"抢椅子"同理。可以是五马、四角，也可以是六马、五角。树林中，公园亭子内，最适合。各人占据一棵树，或一条柱，人数比位置多一个。有了位子的两人相互递眼色，快速换位置。落空的人伺机而动，抢先占据，失去位置者便作为多余的人，轮到自己去找机会夺取位置，一棵树，或者一把椅子……

我们要求一个人

分两队，面对面站立，各队队员手拉手。平行的两排人，你进我退，唱道："我们要求一个人？""你们要求什么人？""我们要求某某某。""什么人来接他去？""就是我来接他去。"于是两人角力，看谁能将谁拖过来。几十年后，我在香港和访问学者一道爬山，带领大家在林中空地上玩。众人玩得兴高采烈，仿佛回到儿时。

女生的玩法

弹酸角核

小学时女生盛行弹酸角核、抓子儿。酸角产在热带，外形像豆荚，包在核上的一层黏黏的"果肉"可食。入口，酸得令人立刻皱眉咧牙，只有我们这些穷酸之极、嘴馋得要命的小孩，才对它有兴趣。两分钱买来酸角主要为了它那指甲壳大小、硬硬的、亮亮光光的酸角核。一把酸角核撒在课桌上，理想状态是不要两粒紧挨在一起，也别有离群太远的散兵。看好一对，用小指尖小心翼翼在当中画一条线，不得碰到任何一粒，然后拇指顶住食指，将食指弹开，以这一粒射向一粒。击中便可收入囊中。否则轮到别人。我精于此道，赢来的酸角核装了半个抽屉。大约六年级，扑克牌兴起，"争上游""百分"越来越令人入迷。我那半抽屉"财产"，"贬值"到近于零。

抓小一子

也许是五年级，我们到了会弄一点针线的年纪，可以自己缝制所需道具：五个小布口袋，里面装米或酸角核。从易到难，类似杂耍。五个小袋一把抓在手里抛空，接住一个，其余落在桌上。跟随口诀，一边做各种抛空、接住、放下、拾起的变换动作。后阶段，子儿抛高后，在落下接住前，摆布桌上的子儿；包括把四个子儿轮番赶进左手支起的"洞"。手须练得十分灵巧。半世纪后已经忘了这复杂的口诀，后在一本《五华民俗史话》中居然看到："小一子，小一子；小对子，小对子；小三三，小三三；小平平，鸡上楼；鸡上楼，一把抓；一点空，一呀呀；二点空，二呀呀；三点空，三呀呀；四打靶，四打靶；一采一个，二采二个，三采三个；扒个豆，扒个豆，扒个豆；鸡进厩，鸡进厩，鸡进厩；鸪鸪请进洞，鸪鸪请进洞；啄脑缸，啄脑缸。"

跳格子

我们叫做"跳海牌（一声）"。用粉笔在水泥地面上画平行两排，每排五行的格子。每个大约四五十公分宽，一共十个格子。"海牌"是一块四面磨光的，小孩半个手掌大小的瓦片。将瓦片扔到第一栏内，单脚跳入格子，用脚前端将瓦片一格一栏向前踢，出界便出局，轮到别人。待再次轮到自己，从上次抵达的格数开始进阶。顺利地从第十格跳出来，进一级，将瓦片扔到第二格。如此类推，扔到第十格才算赢了游戏。要准确地扔到最远的第五第六格并不容易。游戏是谁设计出来的？既训练小女孩的体能：腿力，平衡能力，手、脚肌肉的控制能力，又可以让她们连续一两小时兴致不减。

我为跳格子勤学苦练，常常一个人独自玩，感动了长我七岁的八姨妈，将她珍藏的一块"海牌"送给我，几乎每次都可以准确投进目标格子，令我所向披靡。我为它取了个名字叫做"神在"。这是游戏的术语，每投中，我们叫一声"神在"，表示正中目的，和上帝无关。很久后，因为"分子疲劳"规律吧，"神在"碎成两片。我难过了很久，从此对跳格子兴趣大减。

一岁过大路

女生的游戏中，跳格子几乎世界普及，而如今已绝迹的"一岁过大路"，不知是否云南女孩的发明？像大部分游戏一样，首先猜拳论输赢，输掉的两人，充当运动器械，对面坐在地上。其余排成队，跳过两人设置的、不断提高难度的障碍。第一关是白送的，游戏叫作"一岁过大路"。两岁：两人脚掌相对，轻易跨过；三岁，一只脚跟立在另一只的脚尖上，一跳也就过去了；四岁、五岁，路障越加越高，最高加到四只脚掌那么高。如果跳得不够高，碰到脚便坐下换班。跳高完后跳远，对坐着的两人四只脚先围成小圈，叫小簸箕，一队人顺序跳越，圈子放大些就成了"中簸箕"，两条腿尽量分开，脚掌相对，支出一个"大簸箕"。跨越它颇不易。助跑，冲过来，跳得不够远，可能会踩到"簸箕"的一只脚。

男生的玩意

跳小黄牛

"跳格子"和"一岁过大路"，都是纯女生的游戏。我们坐在地上"过大路"，男生在一旁玩"跳小黄牛"。相当于跳木马，只不过是人肉器械。充当"黄牛"者先是蹲下，跑过来的骑士很容易越起过头跳过去。"小黄牛"逐渐升高，最后直立站着，骑士助跑加速，冲过来扶住他的双肩跳过去。现在想起来，这类以人身为器械的游戏，实在不安全，今天的家长看到会吓坏。奇怪是那时整天玩，好像没听过有人受伤。或者是手上打着石膏的男生也司空见惯。

滚铁环

这些男生的游戏，滚铁环、打转螺、跳小黄牛，并不禁止女生参加。铁环老重重的，我们兴趣不大，技巧娴熟的男生可以用铁钩自如控制，把直径约六一厘米的铁环从家门口一路滚到学校门。我也试过，驾驭着铁环，迎风小跑，别有一番滋味。父亲说他小时候滚铁环更为时兴，还有一支歌，歌词生动、优美，可惜我只记得两句："滚铁环，滚铁环，柳叶儿翻翻，铁环儿转转，一滚滚到五华山。"

滚铁环

抽转螺

我们叫作"打得螺"。鞭子一端系着麻线绕在木制的螺上，猛一拉带动木螺转起来，须在恰当的时候，用恰当的力气把鞭子抽过去，令木螺加速转动而不倒。抽转螺需要技术，我曾苦练了一个假期。开学后加入操场上以男生为主的抽螺群，一鞭鞭打过去，令小小的木螺奇迹般地转个不停，发泄我们消耗不完的精力。有时抽得太狠，木螺飞起来落三数米之外，快奔过去，在它即将断气倒地时，及时补上一鞭，成败系于速度与决断。班上木螺打得最好的男生叫倪光玺。他的大楷写得很漂亮，繁体字笔画多多，在他挥洒之下端然纸上，令我等羡慕不已。

抽陀螺

牛屎拱拱

女生比男生爱干净，不去满地弹玻璃珠、拍洋
画、斗蟋蟀，也不玩有暴力倾向的打弹弓之类。男
生曾经玩一种现在想起来不可思议的玩意："牛屎
拱拱拉车"。50年代初牛车满街可见，车轮是实心
木头，走起来嘎嘎响。牛过之处，往往留下牛粪。
一堆牛粪，会奇怪地生出一种虫，牛屎拱（三声）
拱（四声），形状似甲壳虫，但要大得多，棕色外
壳。一条线拖住空火柴盒制作一辆"车"，挎在
"牛屎拱拱"身上，它就像老牛似的，老老实实拖
住"车"往前走。记得弟弟曾经驯服过一只。我只
能远观，不敢细看。

女儿上中学时她的朋友带着上小学的妹妹来
我家玩，小女孩连连说：太闷了。我听到有点奇
怪，想起自己在这个年龄时，不知道什么叫闷，叫
无聊。周围总有什么事令我们感兴趣，除了玩这些
简单、无须道具的游戏，天上的云彩变幻，雨点打
在地上溅起水花，都看不够。我曾经和王磊坐在街
边石阶上观察路过的人，觉得每个人都那么好笑，
两人乐不可支。有一年，同学中时兴穿草鞋。街上
有农民卖稻草编的草鞋，五分钱一双。其实很不舒

屉。不消一日，脚上多处便磨起泡。然而，下过雨街道边水流成溪，穿着草鞋踩水的快感，妙处难与君言。我们小时候，太容易满足了。

男生和女生

50年代初，电影上苏联集体农庄面色红润的妇女、肌肉发达的男性个个兴高采烈，大家相信苏联人民过着美好的生活。"苏联的今天就是我们的明天"成为一句鼓舞人心的口号。苏联集体舞，称为集体农庄舞，大行其道。

"龙头舞"很受我们这些小学生欢迎。领头者双手叉腰，后面一个跟一个，两手扶住前面人的双肩，结成一条龙。向前迈两步，唱：索索哆咪，索哆拉索，来来索索，来来拉哆。停下，伸出右脚翘起，双肩左右摇晃，高声道：嗨，嗨，嗨嗨。不明白为何这么单调重复的舞步可以令我们跳个不停。另外一支舞没有名称。分内、外两圈，外圈原地站立，拍手；内圈随音乐跳跃前行，在第八小节音乐时停下，对面的外圈人为舞伴，手挽手转一圈。索哆哆哆，西拉索－，索来来来，咪来哆－，索哆哆哆，西拉索－，索索拉西，哆－－－，索索发索，拉索发－，发索拉拉，索发索－，来来索索，发咪来－，索发咪来，哆哆哆－。

　　和它类似而更有文化意味的，是民国时的小朋友集体舞"找朋友"。同样分内外圈，各自向不同方向跳，"找呀，找呀，找呀找，找到一个好朋友"，此时停下，对面的人便是你的朋友，按歌词做动作："行个礼来点点头，笑嘻嘻来握握手。"换手转圈："大家一起，大家一起唱歌，大家一起，大家一起跳舞。"然后互道："再见！"继续找下一轮的朋友（友谊没有长久的）。

　　第一次和男生手挽手的感觉有点异样，似乎敲开了心中的一道门。班主任刘璧老师挑出十多个同学，排了一场"集体农庄舞"参加校际比赛，还得了个名次。平时穿工裤的女生此时都穿了裙子，绑着头巾。老师带我们去"国际"相馆照了一张相片。前排领舞的两个男生，做出典型的俄罗斯民间舞蹈动作，双手交叉抱在胸前，蹲下，一条腿伸，一条腿曲。

　　那时没什么重点学校、私立学校。没有择校入学的概念，孩子都就近入学，于是同学都住在附近。到了"高年级"，晚间常约到一起做功课。这一正当借口给我们机会接着玩白天没玩够的游戏。两名男生魏其武、陈振生家同住在一个宽敞的四合院里，是我们经常"晚自习"的地点。功课很快做完，在院子里跳苏联集体舞到不得不归家的时候。

十岁大概是开始留意异性的年纪。班上的女生，几乎都看中了长得白面书生般尖鼻秀脸的陈振生。一天早上去到学校，好几个男生对着我做鬼脸，一边说："第几行，第几排！"原来头天晚上一伙人逼着陈振生交代他喜欢哪个女生，他只说出该人教室中所坐的位置。我并不开心，因为我恰恰对他没兴趣，我喜欢长得黑黑的，会打篮球的邓民荣。后来发现他看中的是黄永丽，而黄永丽喜欢陈振生，陈振生喜欢熊景明。简直就是"仲夏夜之梦"的上半场。天啊，我终于吐露了存在心中六十多年的秘密。

有个男生刘永健，是班上的调皮鬼（昆明叫"闹包将"）兼运动健将。他老是和我过不去，要么揪我的辫子，要么出其不意打我一拳。我不敢告老师。学期开始排座位，老师让最乖的女生和他同坐，正是本人，我哭了起来。第二天，他递给我一张字条，上面只有两行字。第一行：保证书；第二行：我保证以后不打你。他真的再没有打我了。

不知道为什么，我们开始"分男女界限"，男生和女生彼此不说话。在课桌中间用粉笔画出楚河汉界，不得逾越。这时我的同桌是斯文寡言、永远衣着整齐的布泽中，彼此从不交谈。上课时，要将课本翻到这天教的一课，放在课桌上。这天上班主上刘璧老师的语文课，我发现大事不好，忘了带课本。布泽中不声不响，将他的课本推过界来，放在我面前。老师很快发现他没有课本，将他叫起来，训斥一通。他不说一句话，我也不能站起来说课本是他的。下课，我竟无法开口谢谢他。这个小改事在《家在云之南》中提到过。书出版后，我真希望他能看见，知道他当初的仗义，我永远记着。

另外一位小学同学看到，告诉我布泽中父亲曾经是作为云南经济支柱的个旧锡矿的总经理什么的。我也在小学毕业很久后才知道，双塔小学原来是城里最好的小学。城中许多富贵人家都送孩子来这里。到我念小学的时候，同学来自形形色色的家庭，我们班上有副省长的女儿，有人的母亲在校门口卖腌萝卜。大家完全没有等级观念，也不觉得谁穷谁富。只记得那时黄永丽的父亲在法国，她每天早上拿出一个酥皮面包慢慢嚼，令我这个只有两分钱买个米浆粑粑的馋鬼羡慕不已。

旅行

从小学到初中，一年两度的远足是最大的盛事。头一天就激动不已，妈妈炒了香喷喷的鸡蛋炒饭， 要不就是摊个葱花饼。书包里没有书和课本，只有铝饭盒，肩上还挂着军用锑水壶，"排着队，唱着歌，旅行真快活"。远足的意思就是用足远远地走，目的地随着我们一年年长大而从近到远：大观楼、金殿、黑龙潭、筇竹寺、海埂、西山。出城后便是绿色的世界，村外小河边，杨柳一排排，路旁开满带刺的野花、茉莉花、粉团花。每人用柳条编一顶帽子戴着，女生在柳条帽上插几朵花。到达目的地不是为了欣赏风景、看庙里的菩萨，而是满山坡跑，玩打野战和各种游戏。

高昂的兴致持续到离开的集合哨音吹响时，突然之间发现筋疲力尽，饭盒与水壶都空了，肚子也空了。回家的路如此漫长，通常去的时候脚上就磨出水泡，兴奋过后，就感觉到痛了。走到后来，许多同学一拐一拐的，人也像柳条帽上的叶子一样蔫了。下学期老师宣布旅行时，全班起立欢呼，谁会记得上一趟回家路上的辛苦呢！

我曾经以为全中国的人都像昆明人那么热衷郊野行，我以为中小学生的集体郊游必不可少。等我到了香港，等到女儿在香港念书，才明白不是那么回事。1998年，我给在美国念书的女儿写了以下这封信，且称为"郊野行"：

父亲小时候的故事中最有趣的一则，是大家庭中十来个少男少女组成"花子旅游团"出游。春风拂，蚕豆熟了，原野在召唤。口袋里没什么钱，厨房米缸中偷一小袋米，拿个铜罗锅背上，于是乎装备齐全地出发了。上世纪20年代，昆明人口不到十万。在这个孩子王的带领下，这群"离家出走"美其名叫花子，半个时辰就出了城。小河里逮泥鳅，捉虾，田里偷蚕豆，有米有锅，这就过上自给自足的生活。

城市一圈圈扩张，等我到了他们那个年龄，郊野不再"伸手可及"。小学、中学每年组织的春游是我们一年之中最重大的节日。满怀欣喜地盼望，头天晚上兴奋得难以入睡。出游皆步行，排着队、唱着歌的兴高采烈至今难忘。归程通常筋疲力尽，草鞋或手工缝制的布鞋不耐远路，拖着被磨起泡的脚，一拐一拐走回家，兴致不减。多年后看到美国画家Norman Rockwell的画"郊游归来"：小女孩手上拿着植物标本，头上的花蔫了，人也蔫了。似曾相识，不由会心地笑起来。

　　50年代中期进入初中，让集体旅行多了名目，踏青之外，还有四月四植树节、期末旅行。植树节一律去滇池边"海埂"，一人发一小捆柳条，土里一插，浇点水就完事了。有个同学告诉我，如果将柳枝倒过来栽，芽朝下，长出来的就是垂柳。看着周围枝条柔情一般下垂的柳树，我当然如此办理。种树要不了多少功夫，湖岸寻找彩色小石头令我们乐此不疲。浪花拍岸退去的时刻，阳光下五彩石砾闪烁，捡到"宝石"的女生大呼小叫。男生在水里游泳，在岸上打侧手翻，做出各种试图引入注目的动作。

　　我们曾经到西山华亭寺住过两晚，暮鼓晨钟在山间回荡，撼动心灵的感觉终生难忘。也曾在大观楼旁小岛上的旧时官僚私宅"瘐家花园"住过。印象中从早到晚就忙于准备三餐，在老师的指挥下，户外生火煮饭，湖边淘米洗菜。这些平时被我们厌恶的活计变成愉快的游戏，男生女生争相表现。此行的高潮是湖中划小船："水面倒映着美丽的白塔……迎面吹来凉爽的风……"一切都是真实的写照，感觉自己就是电影里那群美丽的少年男女。

那时所有的外宿旅行都得自己背上行李，来回
步行。已经不记得我们这些十来岁、瘦瘦弱弱的小
女孩怎么对付过来的，只记得每次都是父亲替我打
背包，外面裹上他当年做公路查勘时用的一张防水
"油布"。 初中二年级策划期末旅行时，大家觉
得去公园、庙宇太平凡，决定去滇池边的渔村"柳
坝"住上一星期。我们的班主任，美丽、出身世家
的生物老师金韵华是全班同学的"女神"，受到金
老师的差遣就像得奖。 这回中头奖的是班长，威望
仅次于金老师的一位男生。他任大厨，我和几个女
生做他的下手。至今我对他满脸汗水，抄着大锅铲
炒菜的样子还有印象。

下学期开学，不见了班长，老师说他到北京上
学去了。男生尤其难以接受他的不辞而别，他曾像
个万能的大哥哥一样照顾同学。 有个男生家中发
生变故没钱吃饭，班长在同学中凑钱给他买饭票。
将近半个世纪后，我在巴塞罗那见到他。他说在柳
坝那些天，一直想告诉我他要走了，却未能开口。
他常常去我家附近足球场踢球，在我家门口兜来兜
去，希望碰到我说声再见，我却没有出现。

上高中后学校不再组织郊游了，那是"鼓足干
劲，力争上游，多、快、好、省地建设社会主义"
的革命年代，并非要上战场去打败国家的敌人，而

是要举国上下拼了命地超过他们，老人小孩亦不例
外。学校周末不放假，在校园中由花园改成的菜地
上耕种；农忙季节下乡劳动，帮助农民割麦子之
类。从没拿过镰刀的孩子累得半死，农民看着七长
八短的麦茬和一地麦粒心疼。

70年代中期，"文革"高潮虽然过去，政治依
然挂帅。城市里有配了杂粮的粮食供应，吃不好但
能吃饱。我遇到一群乐山乐水的朋友，逢周末，骑
自行车出游，"朝而往，暮而归，四时之景不同，
而乐亦无穷也"。此外，一道听音乐，读诗，学古
文，学英语，游泳，打羽毛球。父亲笑我们乃叫花
子养鹦鹉，苦中作乐。十多年后，我对香港的朋友
描述这段日子，听者瞪大眼睛说，这不是神仙日子
吗。是啊，如果不在乎生计艰难，物质匮乏；如果
不追求生命的价值，不考虑个人与国家的未来……

当时我以为全国城市的年轻人都和我们的生活
方式差不多。直到70年代末云到广州，才知道"人
各有志"。表弟星期天早上5点钟起床，骑自行车去
郊外买鸡，令我奇怪之极。我们在周末，一定睡个
懒觉，做点约伴骑车冲向郊野之类的闲事。怪不得
表弟妹面色都比我们红润。那时广州年轻人非常热
衷游泳，越秀公园的泳池，从清晨到黄昏都像是在
举办游泳比赛，没有谁戏水嬉闹，众人只顾拼命地

往前游。多年后，才明白他们为何一脸严肃。

当年的玩伴各奔东西，每想起他们，心里响起那支歌："我们曾经终日游荡在故乡的青山上。"友谊虽然没有地久天长，故乡山水永远难忘。

调皮的女生

　　五岁这年，院子里一道玩的小伙伴都到了上学年龄，母亲觉得最简单的办法是把我这个傻丫头也送到学校。《家在云之南》中，讲过令我尴尬了好多年的、考小学的故事。总之，小学阶段，我懵懵懂懂，从未名列前茅，却是个听话、老师喜欢的乖学生。十一岁进入昆明第十中学，突然之间，天性发作，成为一名调皮女生。

　　开学典礼这天，我不舒服，好像发烧了，但这么重大的日子，不敢请假。九月高原骄阳下，全校同学立正站在大操场上听校长讲话，操场对着通向学校本部的长长石阶。我越来越觉得难受，于是晕倒，醒来躺在体育老师的臂弯之中。他抱着我顺石阶往上走，后面是全校师生的睽睽众目。我仍然闭着眼睛，装作没有苏醒，无视此生从未有过的尴尬。

　　体育老师姓杨，干干瘦瘦黑黑。为感激他的"救命之恩"，我上体育课很专心，体育成了我最喜欢的科目。除此还有音乐和地理。一次，音乐课上老师教唱抗战歌曲"游击队歌"，我一听就会。它的旋律早就听熟了，妈妈曾经哼着它哄我弟弟睡觉。对地理课感兴趣只因这位陆老师，他与众不同，衣着洋气，喜欢摄影。他将脚架支在水池边，站在那里等啊等，等候云彩飘过来，拍水中的倒影。

学校地处五华山左侧山脚下，原来叫求实中学。早年这里曾流过两条小河，"大绿水河""小绿水河"。到50年代，只有小绿水河剩下涓涓细流。学校山坡上杂木、杂草丛生，它让我有了对车家壁乡下祖父家的联想，自然想到曾经跟哥哥一道在山上玩的游戏，例如搭建"帐篷"。我约了几个同学，在一棵小树下，用树枝搭了个小窝棚。晚自习时偷偷跑出来，躲进这充满神秘感的小家。那时夜晚室外一片漆黑，得用手电筒照路。快乐总是短暂的，几天后的晚上，听到外面老师大声吼道："什么人？出来！"有人看到山坡上忽明忽暗的亮光，认为是"鬼火"（鬼火的说法当时很普遍），报告给教导主任。事件令我在教导主任那里挂了号。他姓角，高个子，脸上棱角分明，骂人很凶。我们从此以他为敌，背地里叫他小脚板。

大部分科目都很闷，我不明白为什么一看就懂的数学公式，老师要讲45分钟。上课常常如坐针毡，想方设法消磨时间而不引起老师的注意。当年大人都没有多余的纸张，遑论小孩。我便在教科书空白处涂抹，将课本上的科学家、名人装饰一番，曾替几个洋人科学家画上辫子，他们的头发本来就长。记得后来老师让我们将用过的教科书捐出来，我兴冲冲回家翻出几本，看到我画在书上的那些拙劣"插图"，只好作罢。

我学会织毛线，成功地织了一条裤带之后，尝试给我唯一的公仔织件披风。这时已经练出眼睛不看织针的本领，正好用来打发上课无聊的时间。有位明察秋毫的老师看到此人两只手一动一动地，走过来看个究竟。不知道哪来的急智，我将手中活计扔到地上，双膝并拢，正襟危坐。"你在做什么？"老师问。本人沉默不语。她看看课桌下，又翻看我的书包，一无所获地走开了。有惊无险。

和小脚板缘分不断。学校规定，晚自习后要立刻离校，否则会被警告。按校规，三次口头警告算一次小过，三次小过记一大过，三次大过开除学籍。虽然警告到开除之间颇为遥远，我仍十分害怕被警告，但也管束不了自己的玩性。我们几个女生悄悄等大家离开，占据整个操场。荡秋千最好玩。中学校里本无秋千，将两根爬绳用的粗绳子打个结就成了。一人负责放哨，看到巡逻的老师来，众人迅速逃之夭夭。一天晚上，逃跑未能及时，被老师看到。我们夺门而出，拐进旁边的小巷，几个人挤在一起，藏在一家屋外门道里，屏住呼吸，好像等待被捉拿的小偷。突然，叽嘎一声，将人家的大门挤开一道缝，连忙开跑。有人吓得湿了裤子。

那是我们每晚的快乐时光，惊险刺激和兴奋快乐总是连在一起的，从游戏到革命都如此。一次成功逃出校门之后，周光月说："完了，我的书包忘记在秋千下。"依这一线索，一群人被叫去教导处接受训话。小脚板看着我说："熊景明，又是你带的头吧？"

我们小时候，没听过什么叫宠物。城里不许养狗，养猫的人家也极少。想来内心有类似向往，我突然很想养麻雀。图画上看过捉拿麻雀的办法，觉得很简单。 周六下午是全校的周会时间，但谁耐烦听师长一本正经地啰嗦呢？我准备了全套工具，一张大簸箕，一把米，一条棍子，还有一团线。这团彩色粗丝线是我的珍藏，找不到更适合的，只能忍痛。约了我的死党王磊，一个娇小玲珑的女孩，在学校山坡上布下天罗地网。用棍子撑住簸箕，两人坐在大约三米外的树下，捏着线的一端。等麻雀来吃簸箕下的米，一拉线，簸箕倒下，麻雀就会被扣在里面了。等了不知道多久，麻雀的影子也没看见。令我想不通的是，第二个周六下午，我们居然又去了，耐心依然没有得到回报。

宠物计划落空就种花。在单位集体宿舍，没人养花，何况我这样口袋里没有半分钱的小孩。我早就瞄准了花源，现在很多人养的多肉植物是也。它们长在瓦房屋顶上，靠瓦片缝隙中的泥土生长。我家窗外可看到邻居屋顶上有好几丛。我终于鼓足勇气，爬出窗户，爬上他家屋顶，偷来一丛，种在一个小破碗里。一日看三回，每天浇水，后果不必说了。

50年代初，兴起跳"苏联集体舞"，又叫集体农庄舞，从小学五年级跳到中学，舞步和音乐至今记得。十中举办过一次集体舞晚会，我别出心裁背上一顶草帽，打扮成集体农庄庄员。跳舞我擅长，不知疲倦地跳了整个晚上，草帽的彩带在胸前飘扬，感觉得到周围投来的目光。后来读莫泊桑的《项链》，那次整晚跳舞的陶醉体验给了我代入感。

初中二年级，一种新的游戏"跳皮筋"风靡全国。道具简单，只要大约两米长的一条橡皮筋，用小橡皮圈穿起来也行。以四人跳为例，分两组。一组拉着皮筋，另一组跳。念口诀："小皮球，像胶玲，胶玲开花二十一；二五六，二五七，二八二九三十一；三五六……"随着口诀，左脚原地点跳，右脚跨越皮筋，将皮筋绕在脚上，再绕出来。皮筋的高度一次次升高，升到脚够不着，可以用手拉下皮筋，再用脚背勾住，节奏不变，需要手脚配合得很好。

从未对一种游戏如此入迷，回到家我将皮筋绑在门把和桌脚之间，继续练习。天道酬勤，我很快成为跳皮筋的高手，谁都希望跟我在一组，让我充满成就感。每堂课，都巴望着下课，赶快冲出教室：小皮球，像胶玲……那时两人一张课桌，男生和女生同坐，男左女右，女生都坐在一条直线上。我于是来了灵感：用橡皮筋拴在第一排桌脚下横档上，一直穿到最后一排拴牢。一溜女生看我的手势，开始坐着"跳皮筋"，心中默念口诀。那堂是物理课，这位从不露笑容的老师站在讲台上，看到一行女生像中了邪，身体按同样的节奏左右摇晃。可以想象这一时弄不明白的"物理现象"给她的困惑与气恼。她很快便揭穿了把戏，气得面孔通红，问谁是主谋。我心惊胆战地站起来，她大声道：你给我滚出去，永远不要进我的课堂。

我本来就没有多想后果，这下可吓坏了。班长是一名很懂事的女生，她陪我去找班主任，求她向物理老师说情。班主任教语文课，叫包效（孝？）

兰，一位笑容可掬的中年女老师（她听到这个故事，要忍住笑大概不容易）。

初二开学不久，父亲工作调动，我们家搬到离学校很远的城东，金汁河边的唐家营。学期中途不能转校，只好住校。那个冬天像噩梦。夜晚，风从木板墙的缝隙里吹进来，冷得无法入睡。我用草绳将被子一端捆起来，自制睡袋。起床的哨音响起时，总觉得才刚刚睡着。监管我们的刘老师负责而无情，我曾经躲到床底下，还被他揪出来。这一冬，我手脚长满冻疮，疼痛难熬。冻疮会复发，离开十中后，好几年，它还让我记起那个可怕的冬天。此刻，我才想到母亲看到我肿胀流脓的双手，不知道多么心疼。

在我常常玩得疯疯癫癫的十一二岁，母亲心脏病发作了几次。不可以告诉母亲和任何人的惧怕一直藏在我心中。记得一次夜晚在操场上玩得兴高采烈时，突然有异样的感觉从指尖升起，我想一定是妈妈发病了，立刻跑回家。原来她没事，而担忧母亲的恐慌，不时来袭，在她去世多年后，还会在我梦中出现。清晨，如果我在她之前醒来，看她一动不动，也会紧张。站在床边看着她，看到一滴晨泪从她的眼角流下，我才心安了。

1955年，初二下学期，我转到昆明第十二中学，原来的五华中学，插入初中第17班。班主任兼生物老师金韵华曾经和我姨妈是中学同学，我母亲的姐姐妹妹全是昆华女中的"学霸"，金老师理所当然地认为我是一位优秀学生。我到校的第一堂课，她说，我们班来了一位新同学，是十中的拔尖学生。我无法站起来辩驳，只能从此装作一个好学生，预习复习功课，认真听讲，以应付下课后来问我功课的同学。

十中的好友王磊一天来看我，给我带来包老师的信。六十几年后，我还记得两个小女孩坐在金汁河边看信的情景。包老师在信里说，我是她教过的最聪明的学生之一，如果能发挥自己的潜力，将来前途无量，并解释了潜力的意思。写信去鼓励一名已经转学离开的学生，并非出自责任，是因为爱。包老师的话给这个顽皮的女孩前所未有的自信，令她去做真的好学生。从那个学期直到大学毕业，我都是班上第一名。

不久，母亲病重住院，一住两年，回家后卧床十八年，1973年去世。母亲病倒时，父亲工作繁重，哥哥在外地，两个弟弟分别九岁、五岁。父亲每月的工资交给我80元做家用。这个十二岁的女孩开始持家，担起做饭、洗衣等家务。我很快学会生火，做饭，只是不敢划火柴，不敢打鸡蛋，需要弟弟帮忙。我也学会从井里打水，用搓板洗衣服。曾在井边搓呀洗呀一下午，衣服晾在绳子上，一只袜子也算一件，数数，共洗了十八件，十分自豪。

在这篇回忆儿时游戏的文章里提及这些，想说的是我当时并不觉得自己的处境凄凉。许多时候，也像做游戏一样，全情投入，为得到的"成就"开心。当然，疯跑疯闹的童年也结束了。

2021年6月13日

家家都有"妈妈说"

在《四手联弹》里读到章诒和写"饿得前心贴后胸",我一直以为这是我们的土话呢。我想这书中提到的许多"妈妈说",也是大江南北,甚至各地华人的俗话。父亲说当年有位老祖宗上京赶考,带咸鸭蛋一只佐餐,每次用竹签挑一丁点儿送饭。吃了半个月,只剩下粘在蛋壳上的少许。一阵风来,吹走了。他坐在马车上,无法去追回,痛惜不已,于是作诗一首。讲到此,父亲说,我只记得最后两句"风吹鸭蛋壳,财去人安乐"。后来我在戴晴的《我的四个父亲》里读到类似的故事,主角当然就是她家的先人。

我将记录下来的"妈妈说"给一位初中同学看,大部分他都听过,也有的闻所未闻。他们家

来自贵州，家里流传的一些"妈妈说"，我好像
没听过。

　　"兄弟亲，黄土变成金。"

　　"猪吵要卖，人吵要败。"

　　"出门门槛低，进门门槛高。"

　　"清泉当酒卖，还嫌猪无糟。"（贪婪）

　　"上坡骡子下坡马，平路毛驴不用打。"

　　"攒钱有如针挑土，花钱有如水推沙。"

　　"富在山间有远亲，穷在闹市无人问。"

　　"屋漏偏逢连夜雨，出门遇着顶头风。"

　　姓王男孩会说"天是王大，我是王二"。

　　朋友在80年代致富，他说得益于母亲早年的一
句教训："买屋不穷，卖屋不富。"

　　90年代初，我参加新西兰的农业技术支持项目
去到丽江。当地首次建民居出售，一套三合院12万
元人民币，当地人劝我买。我认为自己不会到丽江
来居住，拒绝了。现在的售价超过1200万。不过，
想到母亲所说，"命中有的自会有，命中无的莫强
求"，我的后悔和伤心没那么严重。

　　民间许多内涵丰富，耐人寻味的说法，未能都流传下来。20世纪中叶以后，语言环境有很大的变化。母亲留下的一本工作日记，密密麻麻写满了听报告的笔记。内容从斯大林去世对世界的影响到中国粮食问题，和她这个医院里的会计没有一丝关系。日记本首页写着：奖给积极参加筹备国庆的熊壁石同志。母亲在下面写了几个小字"苏尔端揩自"，是整个笔记本中唯一代表她自己的五个字。

　　这类"自嘲"在"妈妈说"中比比皆是。看起来只是语言习惯，实际上是思维方式。会嘲笑自己，才能自省，能推己及人；同时能化解人与人之间的紧张关系。各种企业管理的教材中，似乎很高明的策略与方法，大多可以在千百年口口相传的民间智慧中找到。

　　我当初念人类学时，老师用一个学期讲述学科最重要的理论和研究方法的核心："换位思考"。心想，这不就是母亲经常说的"将心比心"吗？卡耐基公关术和各种教人如何成功做人的心灵鸡汤，强调的多为技巧。而"妈妈说"及我们从小受的教诲，在不经意中启发内心的善意，提示我们处事为人的准则，影响我们的思维方式。那叫文化，超越时间、超越政治，一代一代传承的文化。家，是文化传承的主要载体。

2023年3月